내 말의 의미는

KB142889

내 말의 의미는

Let Me Tell You What I Mean

조앤 디디온 ㅣ 김희정 옮김

머리말

조앤 디디온 논픽션의 특징은 글의 상당 부분이 소설처럼 읽힌다는 점이다. 아니, 그녀의 글은 위대한 소설이 지닌 은유의 힘을 지녔다고 하는 쪽이 더 정확하겠다. 조앤 디디온이라는 거장의 글이 젊은 세대들에게는 신비로운 1960년대나, 9·11과 같은 과거의 사건을 들여다보는 일종의 창문처럼 느껴질지도 모르겠다. 그러나 '센트럴 파크의 5인',* 레이건 시대

---

* 1989년 뉴욕 센트럴 파크에서 조깅하던 백인 여성 트리샤 메일을 공격한 혐의로, 당시 소년에 불과했던 5인의 흑인, 히스패닉계 남성이 유죄판결을 받았다. 그러나 2002년 다른 여성을 강간 살해한 후 유죄판결을 받은 마티아스 리스가 트리샤 메일의 강간 범행도 자백한 데다가 DNA 증거가 그 자백을 뒷받침함에 따라 누명을 벗게 됐다. 흔히 '센트럴 파크의 5인'이라고 부르는 이 다섯 명의 남성은 2014년에야 4천1백만 달러의 손해배상을 받았다.

의 엘살바도르 사태, 혹은 1990년대 초 캘리포니아 주 레이크우드의 악명높은 스퍼 포시(Spur Posse) 멤버들로 상징되는 거리낌 없고 폭력적인 백인 남성 문화의 부주의함과 인종적 편견에 대한 디디온의 분석이 우리가 맞닥뜨린 걱정스럽기 그지없는 현재의 정치 문제를 예고하고 있었다는 사실을 놓치기는 힘들 것이다. 이 책에 실린 글들은 이전에 책으로 묶여 나온 적이 없는 열두 편의 산문으로, '갬블러스 어나니머스(Gamblers Anonymous)'를 다룬 1968년 글부터 32년 후에 쓴 마사 스튜어트에 대한 사회적 시각을 다룬 글에 이르기까지 주제와 기간이 광범위하다. 디디온의 초기 산문들에도 그녀의 선견지명이 명확하게 드러나긴 하지만 이 글들이 특히 흥미로운 이유는, 디디온이라고 하면 자연스럽게 떠오르는 그 쿨함과 변화무쌍한 시각보다 이제는 자기주장을 강하게 내세우는 디디온의 모습에 더 주목하기 때문이다. 1968년에 발표한 「앨리시아와 대안 언론(Alicia and the Underground Press)」에서 그녀는 다음과 같이 썼다.

요즘 신문을 읽다 보면, AP통신의 전화선일 확률이 아주 높은 끈 같은 것에 목을 졸려서 뇌로 가는 산소 공급이 끊긴 것이 틀림없다는 생각에 빠지곤 한

다. 그런 식으로 숨통을 막지 않는 몇 안 되는 예외
는 《월스트리트 저널》, 로스앤젤레스의 《프리 프레
스(Free Press)》와 《오픈 시티(Open City)》, 그리고 《이스
트 빌리지 아더(East Village Other)》뿐이다. 내가 재미있
는 괴짜라든가, 괴팍하고, 엉뚱하고, 뭐랄까 취향이
근사한 사람처럼 보이지 않을까, 하는 희망에서 하
는 말이 아니다. 내가 하고 싶은 말은 우리 모두에게
벌어지고 있는 매우 심각하고 독특한 현상, 즉 누구
도 다른 사람과 직접 의사소통하지 못하는 현상, 미
국 신문들이 독자들에게 '가닿도록' 의미를 전달하
지 못하는 현상에 관한 것이다.

이 글이 뛰어난 이유는 여러 가지다. 단호하고 짜
증 난다는 듯한 특유의 어투와 《이스트 빌리지 아
더》와 같은 제목이 불러일으키는 향수 말고도 이 글
의 큰 장점은, 그녀가 작가 정신을 펼쳐 보이는 뒷부
분에서 드러난다.

그녀는 이렇게 말한다.

《프리 프레스》, 《이스트 빌리지 아더》, 《버클리 바브
(Berkeley Barb)》 등을 비롯한 타블로이드 형식의 신문
을 발행하는 언론사들은 젊은이와 소외 계층의 관

심과 이익을 대변한다고 자부하는 곳들로, 상당히 작위적인 '객관성'을 코에 걸고 젠체하는 기성 언론들의 가식을 찾아볼 수 없다는 큰 장점이 있다. 오해하지 말기를 바란다. 나도 객관성을 매우 중요시한다. 하지만 글쓴이가 가진 편향성을 독자가 이해하지 못한다면, 어떻게 객관성을 확보할 수 있을지 나는 도저히 모르겠다. 모든 편향에서 자유로운 척하며 쓴 글에는 대안 매체에 아직 전염되지 않은 가식과 허위가 가득할 수밖에 없고, 《월스트리트 저널》 등에는 발도 들일 수 없을 것이다. 대안 신문에 글을 기고하는 사람은 자기가 무엇에 동의하거나 동의하지 않으면, 그렇다고 밝힌다. 누가, 무엇을, 언제, 어디서, 어떻게 같은 요소를 무시하는 한이 있더라도 그런 의견부터 분명히 밝히는 경우가 많다.

물론, 디디온이 자신의 존재를 숨기려 하지 않는다는 점은 그녀의 작품을 더욱 특별하게 여기도록 하는 특징 중 하나다. 특히 《새터데이 이브닝 포스트》에 기고하기 시작한 때부터—1964년부터 1969년까지 디디온과 그녀의 남편 존 그레고리 던(John Gregory Dunne)은 「포인츠 웨스트(Points West)」라는 칼럼을 공동 집필했다— 1984년에 발표한 『민주

주의(Democracy)』와 같은 원숙한 소설 작품들을 완성하기까지 디디온은 늘 '나'라는 인물과 씨름했는데, 그것은 자신에게 적용되는, 혹은 자신의 마음을 끄는 진실, 그리고 시각과의 싸움이었다. 세상을 저널리즘의 규칙으로 걸러낸 결과로 나온 것이 '진실'이라는 개념을 거부하는 그녀의 태도로 인해 디디온의 논픽션 글들은 처음부터 급진적인 성향을 보일 수밖에 없었다. 그녀의 논픽션을 관통하는 서사는 진실에 대한 의문 제기다. 진실은 임시적이고, 그 진실을 뒷받침하는 유일한 토대는 글을 쓰는 순간 저자가 어떤 사람이었는가 하는 사실이며, 저자의 기쁨과 성향과 편견이 모두 글쓰기의 일부라는 개념이야말로 디디온이 글을 쓸 때마다 거듭하여 강조하는 부분이다. 이 책에 실린 글 중 몇 편은 디디온의 유명한, 그리고 유명한 것이 당연한 보도성 글이 발표된 때와 비슷한 시기에 나왔지만—그녀의 획기적인 비평집 『베들레헴을 향해 웅크리다(Slouching Toward Bethlehem)』는 1968년에 나왔다—, 디디온이 자신을 괴롭히는 생각을 똑똑히 입 밖으로 꺼내어 말하고, 그것을 유머와 짜증 난다는 투의 가벼운 한숨을 섞어 균형 잡힌 글을 쓰는 방법을 배운 것은 소설을 통해서라고 나는 생각한다. 1970년에 나온 『있는 그대로 대처하라(Play It as It Lays)』와 그녀의 초기 걸작인 1977년의 『기도의 책(A Book of Common Prayer)』에는 젊은이의 치열함 대신 경험 많은 여성의 유감 섞인 관대함에서 탄생한, 고난을 겪거나 기회를 잡지 못하는 등의 사연이 있는 사람들이 주인공과 화자로 등장한다. 소설가 디디온이 논픽션 작가 디디온을 가르친 것이다.

대중잡지나 신문에서 어떤 작가의 글을 읽을 때 우리는 사실 두 명의 작가를 만나는 것이나 마찬가지다. 할 말이 있는 사람과 그 할 말을 적절하게 써내는 사람. 「포인츠 웨스트」 칼럼은, 대부분 그렇듯 글자 수 제한을 받았다. 디디온에게는 2천 단어를 쓸 수 있는 공간을 줬는데, 그 2천 단어 내에서 자신이 보고, 느끼고, 생각한 것을 이야기해야 했으므로, 간혹 교훈주의를 도구로 채용했다. 그런데도 디디온은 알지 못하는 것에 등을 돌리지 않음으로써 자기 생각의 이데올로기적 오류를 바로잡을 수 있었다. 「평온을 찾아서(Getting Serenity)」는 겉으로 볼 때는 도박 중독에서 벗어나려고 애쓰는 사람들에 관한 이야기이지만, '셀프 헬프(Self-help)' 냄새가 나는 것은 뭐든 은근히 경멸하는 디디온의 성향과 '신발 끈을 조여 매고 스스로 일어서서 뒤돌아보지 않고 나아가는'

그녀의 캘리포니아 정신이 (다시 한번 은근히) 그 글에서 느껴진다. 그 모임은 '특별히 꼬집어 잘못되었다고 할 만한 것은 없었다'고 디디온은 쓴다. 그런데도 "뭔가가 맞질 않았다. 뭔가 불편한 느낌. 처음에는 회원 중 많은 수가 자기가 얼마나 '무력했'는지, 어떻게 자기가 제어할 수 없는 힘에 떠밀려 가게 됐는지에 집착하는 경향 때문일 것으로 생각했다." 그러나 결국 디디온은 잘못된 것이 무엇인지 알아낸다. 디디온이 소개하는 도박꾼 중 하나인 프랭크 L.은 가족, 친구들과 함께 1년 동안 도박에 손대지 않은 것을 기념한다. 케이크까지 준비했다. "쉬운 여정은 아니었죠." 그는 모인 사람들에게 말한다. "하지만 지난 3, 4주 동안 집에… **평온**이 찾아왔어요." 그런 다음 디디온은 이렇게 쓴다.

다시 또 누군가 '평온'이라는 말을 입에 올리기 전에 나는 얼른 자리를 떴다. 내게는 그 단어가 죽음을 연상시켰기 때문이다. 그 모임에 참석한 후 며칠 동안, 나는 밝게 불이 켜져 있고, 아무도 날짜 수를 세지 않는 곳만 찾아다녔다.

글쓴이가 자기가 하고 있던 이야기 자체에 걸려

넘어지는 일은 1968년에도 그다지 새로운 사건이 아니었다. 디디온이 좋아했던 노먼 메일러는 바로 그해에 워싱턴 내외에서 벌어지던 반전 활동을 기록한 『밤의 군대들(The Armies of the Night)』을 출간했다. 그러나 메일러 책의 서술자는 '메일러'로, 화려하고 눈에 띄는 성격에도 불구하고 다루는 대상에서 몇 걸음 떨어져서 관찰하는 삼인칭 화자다. 이 책에 실린 에세이 중 초기작들에서 디디온은 여성의 '나(I)'를 통해—여성의 눈(Eye)과 일인칭의 여성 나(I)— 이야기하는 데는 그런 장치가 필요하지 않다고 설파한다. 디디온에게 필요한 것은 반응을 일으키고, 그녀에게 진정한 의미의 이야깃거리를 얻을 수 있는 '상황'이다. 「평온을 찾아서」의 마지막 부분에서 그녀가 경험하는 존재론적 위기는 그 좋은 예인 동시에, 단어를 사랑하지만 언어가 어떻게 우리의 발목을 잡는지도 잘 아는 작가에게 언어가 어떻게 영향을 주는지 보여주는 좋은 예이기도 하다. 1970년대 말 내가 처음 디디온의 글을 읽기 시작한 지 얼마 되지 않고부터, 디디온이 매우 중요하게 여기는 주제 중 하나는 '글 쓰는 것' 자체라는 것이 명확히 보이기 시작했다. 그녀는 글쓰기가 왜 자신에게, 그리고 모든 사람에게 중요한지를 이야기하고, 이 책에서도 주제로서

의 글쓰기, 삶의 방식으로서의 글쓰기를 다루고 있
다. 1998년에 집필한 어니스트 헤밍웨이에 관한 에
세이에서 디디온은 그 주제에 관해 자세히 이야기하
는데, 그중 일부는 조앤 디디온의 자화상처럼 느껴지
기까지 한다.

> 헤밍웨이가 엮어 내는 문장의 법칙은 세상을 보는
> 특별한 방법을 담고 있고, 동시에 그렇게 세상을 보
> 는 방법의 지배를 받는다. 그는 세상을 보기는 하지
> 만 참여하지는 않고 그 세상 속을 통과하기는 하지
> 만 몸담지는 않으면서, 그 시대와 소재에 특별히 맞
> 게 적응된 일종의 낭만적 개인주의를 구사한다.

**세상을 보기는 하지만 참여하지는 않고, 그 세상
속을 통과하기는 하지만 몸담지는 않는─** 디디온 논
픽션의 이런 특징을 나는 매우 인상적으로 생각한다.
그러나 이제는 구시대적으로 느껴지는 헤밍웨이의
'낭만적 개인주의'와 디디온의 논픽션을 확연히 구분
짓는 것은, 후자의 글에 물리적 원리, 혹은 에너지가
있다는 사실이다. 이러한 특성을 디디온 자신은 '광
채가 난다'라고 표현할지도 모르겠다. 그리고 이 에너
지, 혹은 '광채'는 우리가 보고 싶어 하지 않으면서도

반쯤 감은 눈으로 보아야 하는 세상, 해를 끼칠 가능성이 있는 세상, 망태 할아범이 아버지일 수도 있고, 희망이 두려움에 대항하는 하찮은 방어 수단에 그치는 세상을 끔찍하고도 아름답게 보이도록 한다. 사실 디디온이 당대 논픽션계에 끼친 독보적인 공헌은 '섬뜩함'이다. 이 현상에 대해 프로이트는 1919년, 섬뜩함이란 '두려움과 스멀스멀 엄습하는 공포'와 동의어이자 그것을 표현한 것이라고 썼다. 그러나 프로이트는 같은 논문에서 '그 단어 자체가 항상 명확하게 정의된 채 사용되지는 않고, 공포를 자아내는 것을 묘사하는 곳에 모두 사용되는 경향이 있다'라고 관찰한다. 디디온이 뛰어난 작가인 까닭 중 하나는 위협이나 섬뜩한 느낌을 정의하기보다 그것을 보여주는 재능을 지니고 있기 때문이다. 가령, 그녀가 1967년 샌프란시스코의 해이트-애쉬버리 젊은이들과 마약 문화에 관해 쓴 『베들레헴을 향해 웅크리다』를 처음 읽은 후 내 머릿속에서 떠나지 않는 장면을 예로 들어보자. 어느 날 오후, 작가는 샌프란시스코의 팬핸들 지역에서 글에 등장하는 인물 몇 명과 함께 앉아 있었다.

재니스 조플린은 빅 브라더와 함께 노래하고 있다. … 거의 모두가 약에 취했고, 상당히 즐거운 일요일 오후다. … 그런데 그때 딱 피터 버그가 오는 게 아닌가. 그의 아내뿐만 아니라 예닐곱 명 정도의 사람도 함께다. … 그리고 제일 먼저 눈에 띄는 이상한 점은 모두 흑인으로 분장했다는 사실이다.

나는 맥스와 샤론에게 마임 극단 사람 중 일부가 흑인 분장했나 보다, 라고 말했다.

"거리에서 공연하는 극단이야." 샤론이 나를 안심시킨다. "죽여준다고 하던데."

마임 극단 사람들이 더 가까이 다가오니, 또 다른 특이한 점들이 보였다. 다른 것보다 플라스틱으로 만든 싸구려 가짜 경찰봉으로 사람들 머리를 툭툭 치고 다닐 뿐만 아니라, 등에 글씨가 붙어있다. "강간을 몇 번이나 당했나, 이 사랑 중독자들아?", "척 베리 음악은 누가 훔쳤나?" 그런 문장들이었다. 그러고는 전단을 나눠준다. 전단에는 다음과 같이 쓰여있다.

그리고 올여름, 수천 명의 가난한 유색인종 젊은이들은 그들이 손에 넣지도 못하는 것을 당신은 그냥 포기하고도 아무렇지도 않은지, 그 이유를 알고 싶어 할 것이다. …

맥스가 전단을 읽더니 자리에서 일어난다. "예감이 좋지 않아." 그는 그렇게 말하고 샤론과 함께 자리를 뜬다.

나는 오토를 찾아야 해서 자리를 뜰 수가 없다. 오토가 있나 보려고 마임 극단이 있는 쪽으로 걸어가 보니 그들은 흑인 한 명을 가운데 두고 동그랗게 모여 서 있다. 피터 버그는 누가 물으면, 이것이 길거리 공연이라고 대답하라고 말한다. 나는 아마도 그 연극 공연의 막이 이미 오른 것이리라고 추측한다. 극단 사람들이 지금 그 흑인을 경찰봉으로 툭툭 찌르고 있기 때문이다. 그들은 그 사람을 찌르면서, 치아를 드러내며 위협적인 표정을 지어 보인 다음, 제자리에 서서 흔들거리며 기다린다.

"슬슬 짜증이 나기 시작하는데." 그 흑인이 말한다. "계속 이러면 화가 폭발하고 말 거야."

이미 흑인 몇 명이 더 모여들어 표지판을 읽고, 그 광경을 지켜보고 있다.

"이제 짜증이 나기 시작한다고?" 마임 극단원 중 한 명이 말한다. "겨우 이제야?" …

"이봐." 그 흑인이 언성을 높이기 시작한다. "뭔가 일을 내고야 말겠군. 이러면 안 돼…."

"무슨 자격으로 우리한테 되니 안 되니, 하는 거야,

이 깜둥이 새끼야." 여자가 말한다.

공원에서 좋은 시간을 즐기다가 이 특정 드라마의 중심에 자리하게 된 이 흑인이 경험하는 끔찍한 일은 백인들의 세상에서 그의 피부색 때문에 벌어지는 '두려움과 스멀스멀 엄습하는 공포'의 또 다른 증거다. 등장인물들이 대화를 주고받는 동안 디디온은 주도권을 쥔 '나(I)'가 아니다. 그레이엄 그린처럼 그녀가 좋아하고 존경하는 다른 논픽션 작가들과는 달리 디디온은 이 광경에 자기의 개성을 첨가하지 않는다. 사견을 내세울 수 없다고 생각해서이거나, 사견을 내세우는 것을 거부해서이다. 악몽은 그 나름의 무게를 가지고 있으며, 글쓴이의 의무는 그런 악몽이나 묘한 일이 벌어질 때 눈을 번쩍 뜨고 깨어 있는 것이라고 믿어서이고, 그런 일이 언젠가는 벌어질 수밖에 없어서이기도 하다. 디디온의 에토스(Ethos)가 어떤 특정 학파와 관련 있다기보다는 그녀 자신이 누구인지, 지금의 그녀가 되도록 한 환경이 무엇인지, 종국에 가서 자신이 누구인지를 자기에게 드러내도록 하게 하는 관점이 무엇인지와 관련 있다.

우리는 모두 환경의 산물이다. 예술가의 의무는 그 환경을 만들어 낸 가치에 의문을 제기하는 일이다. 디디온 논픽션에서 독자의 주의를 끄는 또 다른 특징은 불안감이 일상을 가두는 창살을 세차게 두드려 댈 때, 혹은 팬핸들의 그 남자처럼 변명의 여지가 없는 존재들을 만날 때, 그녀를 유명하게 만든 명징함이 더욱 날카로워진다는 점이다. 누가 그를 보호해 줄 것인가? '사회가?' 디디온은 자기방어적인, 다시 말해 궁극적으로 자기 이익의 방어에 연연한 해이트-애쉬베리 문화의 언어를 기록함으로써—"예감이 좋지 않아."— 이 문화의 젊은이들이 얼마나 책임지고 싶어 하지 않는지 보여준다. (책이 출간되고 갓 1년이 지난 후, 또 한 명의 흑인 남성 메레디스 헌터가 앨터몬트에서 열린 롤링 스톤즈 무료 콘서트장에서 헬스 에인절 소속 앨런 파사로의 손에 살해됐다.) 애초에 조앤 디디온은 왜 그 자리에 있었을까? "난 중도 같은 것에는 관심이 없어요. 아마도 모두가 거기 있기 때문이겠죠." 디디온은 1979년 비평가 미치코 가쿠타니와의 대담에서 그렇게 말했다. "합리성이나 이성 같은 것들은 절 당황케 할 뿐이에요. … 어릴 적부터 들으며 자라온 이야기 중에는 극단적으로 행동하는 이야기가 너무도 많았죠. 모든 것을 버리고 아무도 발을 들이지 않은 황무지를 건너는 이야기들 말이에요. …"

캘리포니아에서 5대째 살아온 토박이인 디디온

은 이제 86세가 되었다.* 그녀가 성장한 미국의 새크라멘토 지역은 공화당 성향의 개신교 중산층 문화가 지배적이어서 사회적 관행이 확고하고 변화를 꾀하기가 어렵다. 그 문화에서는 누구도 남의 눈에 띄게 과시하거나 우스꽝스러운 짓은 하지 않는다. 머릿속에 있는 생각보다 말을 더 단순하게 한다. 전후 번영은 당연한 일이다. 그러나 그런 번영을 어떻게 얻게 되었는지는 완전히 다른 이야기다.

스페인어 '성찬(Sacrament)'에서 유래한 새크라멘토는 늪지대에 형성된 도시다. 도시를 확장하려면, 연방 정부의 보조금에 의존해야 했고, 그런 거래에 참여한 개인과 기업들은 이익을 거뒀다. 요약하자면, 새크라멘토는 '발견된' 도시가 아니라 만들어진 도시다.

디디온은 그런 사연은 전혀 알지 못한 채, 덥고 건조한 여름과 비가 많고 짧은 겨울이 반복되는 것뿐만 아니라, 뱀까지 모두 갖춘 에덴동산에서 자라났다. 어릴 때는 서부에 도착한 강인한 개척자에 관한 신화를 늘 들었다. 디디온의 어머니 에듀인 제렛(Eduene Jerrett)은 결혼하기 전까지 사서로 일했었

---

* 조앤 디디온은 이 책이 미국에서 출간된 이후, 2021년 12월 23일에 타계했다.

다. 아버지 프랭크 디디온(Frank Didion)은 육군 장교, 보험설계사, 도박꾼, 부동산 개발업자 등으로 가족을 부양했다. 부모 중 좀 더 말을 많이 하는 편이었던 에듀인은 조앤에게 이야기를 많이 들려주어서, 그녀의 상상력에 자양분을 제공했다. 그런 이야기 중 하나가 낸시 하딘 콘월과 조지푸스 애덤슨 콘월의 이야기였다. 서부 개척자의 조상이었던 두 사람은 훔볼트 싱크**에서 도너-리드 무리***와 헤어져서 오레곤을 관통해 북쪽으로 향하겠다는 결정을 내려, 도너-리드 일행이 겪은 죽음과 인육을 먹는 비극을 피할 수 있었다. 다섯 살배기 조앤에게 공책을 준 것도 에듀인이었다. 불평 그만하고 마음을 괴롭히는 일을 적어보라고 준 공책이었다. (1939년, 조앤의 동생 짐이 태어났다.) 친족 중심의 배타적인 새크라멘토에서 양가 모두 얼마간의 성공을 거두었고, 지역 사회에 깊게 뿌리를 내린 집안 분위기에서 자란─예를 들어, 프랭크의 고조할아버지가 오하이오에서 새크라멘토

** 네바다에 있는 하상으로, 간헐적으로 마르는 호수를 말한다.

*** 미드웨스트를 떠나 캘리포니아로 향하던 개척자 무리로, 이주 도중 여러 가지 불운이 겹쳐 시에라 네바다에서 고립된 채 겨울을 나면서 질병과 굶주림으로 죽은 동료들의 사체를 먹으며 살아남았다. 미국 서부 개척사 중 가장 비극적인 일화로 전해진다.

로 이주한 것은 1855년이었다— 디디온은 새크라멘토 계곡 지역의 주민들이 바깥세상과 얼마나 단절되었는지를 일찍부터 알고 있었다. 하지만 그것이 문제가 됐을까? '엄마는 1932년 올림픽 경기를 보기 위해 새크라멘토에서 로스앤젤레스에 간 적이 있었다. 하지만 그 후로 30년 동안 다시 로스앤젤레스를 방문할 이유를 찾지 못했다.' 디디온은 2003년 출간한 책 『나는 어디에서 왔는가(Where I Was From)』에 그렇게 썼다. 그리고 작가는 젊었을 때 어머니와 함께 목장 주인의 미망인을 방문했던 일을 회고한 1965년 에세이 「토박이 딸의 메모(Notes from a Native Daughter)」에서 이렇게 밝힌다—이 에세이는 그녀의 첫 수필 모음집 『베들레헴을 향해 웅크리다』에 실려 있다. "모녀를 맞이한 집주인은 자기 또래 지인의 아들에 관해 추억담을 나누면서(새크라멘토 사람들이 가장 좋아하는 대화 방식) 말했다. '그 존슨네 아들은 끝까지 별 볼 일이 없었어요.' 어머니가 더듬더듬 이견을 냈다. '알바 존슨은 《뉴욕 타임스》에서 일할 때 퓰리처상을 탔잖아요.' 집주인은 관심 없다는 듯 우리를 쳐다봤다. '새크라멘토에서는 별 볼 일이 없었어요.'" 새크라멘토에서 중요한 것은 역사였다. 그것도 새크라멘토와 관계있는 역사. 그게 아니면 새크라멘토에

와서 뿌리를 내리고 계속 머물러 살기라도 해야 했다. 다음은 역시 「토박이 딸의 메모」의 일부다.

과거를 미화하는 것은 캘리포니아 사람들의 특징이다. 모든 것이 **타뷸라 라사**(Tabula Rasa)*에서 시작되어 개척자들의 마차 행렬이 서부에 도착한 날 해피엔딩으로 이야기가 끝나기라도 한 것처럼 말이다. 이런 태도는 캘리포니아주의 모토인 **유레카**(Eureka)—'나는 그것을 찾았다'라는 의미—에 잘 나타나 있다. 역사에 대한 이런 식의 접근법은 그 역사에 참여하고자 하는 사람들을 우울하게 만들기도 한다. 나 자신도 어렸을 때, 우리가 전성기를 한참 지난 시대에 살고 있다고 확신했었다. … 그런 확신에서 나오는 우울감을 이해할 수 있다면 캘리포니아, 그리고 그에 따른 여러 부면을 이해할 수 있을지도 모르겠다. 새크라멘토는 캘리포니아 그 자체라고 할 수 있고, 캘리포니아는 호황기의 사고방식과 체호프적인 상실감 사이에서 불안한 긴장감이 형성되어 있는 곳이기 때문이다. 여기 사는 사람들의 마음속에는 이곳에서 성공하지 않으면 안 된다는, 깊이 묻어버렸지만

---

* 백지 상태의 무구함을 이르는, 라틴어 문구이다.

절대 지울 수 없는 생각이 뿌리내려 있다. 광활한 하늘 아래 자신이 딛고 선 땅이 대륙의 끝이라는 것을 의식하지 않을 수 없기 때문이다.

아이들이 세상의 끝자락에 매달리는 방법의 하나는 자신이 세상의 중심이라고 믿는 것이다. 그곳이 캘리포니아일 수도 있고, 다른 어느 곳일 수도 있다. 그 아이는 자라면서 자신이 딛고 선 굳건한 땅과 나락으로 떨어질 수 있는 세상의 끝이 엄청나게 가깝다는 사실, 자신과 부모를 포함한 다른 모든 사람이 어딘가 부서진 구석이 있는 외로운 이들이라는 사실, 우리 모두가 원래 그렇기 때문이라는 사실을 어쩔 수 없이 깨닫기 시작할 것이다. 디디온의 아버지는 마음의 병을 앓았다. 우울증이었다. 디디온의 마지막 소설 세 편—『기도의 책』(1977), 『민주주의』(1984), 『그가 마지막으로 원한 것(The Last Thing He Wanted)』(1996)—에 묘사된 계획성이 전혀 없는 부재중인 남편과 아버지들은 말할 것도 없고 체호프의 작품에 등장하는 수많은 쓸쓸한 남성처럼, 그녀의 아버지 프랭크는 자신의 감정을 가족에게는 물론이고 자기 자신에게도 설명할 능력이 없는 사람이었다. 에듀인 디디온이 웅변이라면, 프랭크 디디온은 침묵이었다. 프

랭크의 침묵은 나름의 힘을 행사했는데 디디온은 그
점을 『나는 어디에서 왔는가』(2003)에 이렇게 묘사한
다. 언어는 그의 딸의 것이었다.

그에게서 느껴지는 슬픔은 너무도 구석구석 배어있
어서 그가 즐거워하는 듯한 수많은 순간마저도 빛이
바래 보였다. 그는 친구가 많았다. 골프와 테니스를
쳤고 포커 게임을 했고, 파티를 즐기는 것처럼 보였
다. 그런데도 그가 집에서 열리는 파티 도중 버번이
담긴 술을 손 닿는 곳에 두고 피아노에 앉아 〈다크
타운 스트러터스 볼(Darktown Strutter's Ball)〉이나 〈알
렉산더스 랙타임 밴드(Alexander's Ragtime Band)〉 같은
곡을 연주할 때면 전해지는 긴장감이 너무 커서, 나
는 그 자리를 피해 내 방으로 뛰어가 문을 닫고 숨지
않을 수가 없었다.

진실을 말하는 데는 오랜 시간이 걸린다: 디디온
은 『나는 어디에서 왔는가』를 출간하기 전까지 다양
한 형태로 몇 년에 걸쳐 오래도록 작업했고, 부모를
여읜 후에야 완성할 수 있었다. 프로이트는 「섬뜩함
(The Uncanny)」에서 다음과 같이 지적한다.

실제 경험의 섬뜩함을 결정하는 요소들은 훨씬 단순하지만, 사례는 더 적다. 그런 경험은 예외 없이, 한때 익숙했지만 억눌러버린 무엇인가로 추적하는 것이 가능하다고 나는 믿는다. 그 섬뜩함이 어릴 때 형성된 콤플렉스에서 나온 것이라면, 심리적 현실이 자리 잡고 있어서 물리적 현실은 벌어지지도 않는다. 여기서 우리가 다루고 있는 것은 특정 내용, 혹은 이야기를 실제로 억누르고, 그렇게 과거부터 쭉 억압되어 온 것이 돌아오는 것이지 **현실에 대한 확신을** 유보하는 것은 아니다.

프랭크가 자기 '이야기'를 억눌렀다는 것. 그 사실은 디디온이 그것을 묘사하는 언어를 갖기 전까지 그녀에게 어떤 영향을 끼쳤을까? 헤밍웨이와 조지프 콘래드를 사랑하던 고등학생 소녀는 그 영향으로 뭔가 다른 심리적 현실을 염원하게 되었을까? 실패한 사랑을 반복해서 파고 또 파고, 낭만적인 사랑은 영혼을 얼어붙게 하거나 자신이 이전에 누구였든 간에 그 모습을 거의 모두 잃고 그림자로 전락하게 만드는 꿈에 불과하다고 생각하는 작가들의 작품을 사랑하던 소녀는 하이볼(Highball), 땅값과 반상회 같은 것에 구애받지 않는 완전히 다른 심리적 현실, 새크라멘토 사회에서 받아들여지지 않아도 괜찮다고 외치는 사람을 꿈꿨을까? 공동체에서 받아들여 주지 않고, 받아들여지고 싶어 하지도 않는 사람들 말이다. 그들은 디디온이 자라면서 본 사람들과 완전히 달랐다. 디디온은 1988년 에세이 「인사이더 베이스볼(Insider Baseball)」에서 그런 사람들은 예일이나 스와스모어, 혹은 드포대학교 같은 곳 출신이 아니고, 애초에 지원도 하지 않았을 사람들이라고 묘사한다. 맞는 말이다.

그들은 징집이 되어, 포트 오드(Fort Ord)*에서 기초 훈련을 받았다. 여자 친구를 임신시킨 다음 결혼하기로 하고, 한밤중에 카슨 시에 차를 몰고 가 파자마 차림의 직업 주례자들에게 5달러를 주고 결혼식을 올린 다음 남은 인생의 첫날밤을 시작했다. 그러고는 그들의 삼촌을 해고한 곳에 고용되어서 일했다. 다시 말하자면, 그들은 우리가 '프로세스'라고 부르기 시작한 것에 참여하고 그것을 물려받을 운명인 사람들이 아니다. 미국에서 전통적인 방법으로 권력을 주고받고, 현상 유지하는 방법을 표현하기 위해

_____

*   1994년까지 미 7 보병사단 기지가 있었던 곳이다.

우리가 사용하게 된 말인 '프로세스'라는 것의 일부가 아니라는 뜻이다.

전통적인 방법으로 권력을 주고받고, 현상 유지하는 방법. 디디온은 글 쓰는 일을 하는 내내 현실은 물론이려니와 이 개념과도 항상 갈등을 겪었다. 무엇이 현상 유지인가, 무엇이 전통을 이루는가, 어떻게 잠깐 스쳐 지나가는 '배드 보이'나 예상치 못했던 사건들이 디디온과 같은 사람들, 혹은 새크라멘토의 사람들이 알던 세상을 완전히 변화시키는가, 하는 개념 말이다. 그런 배드 보이들이 세상을 바꾸는 방법의 하나는 섹스였다. 아니 더 정확히 말하자면, 성적 매력의 투사를 통해서였다. 디디온은 어릴 때 사진 몇 장을 통해 처음 본 존 웨인에게 성인이 된 후에도 계속 끌린다─그가 내뿜는 성적 권위가 너무 강해서 어린아이마저도 그것을 느낄 수 있었다─. 그가 갑자기 어디서 온 건지 모르게 홀연히 나타났고, '전혀 역사라고 할 수 없는' 역사를 지닌 사람이라는 사실도 부분적인 이유였다. 다시 말해, 어떤 이력서도 그를 설명할 수 없다는 의미였다. 도어스(The Doors)*의

---

* 1965년에 결성된 미국의 록밴드이다. 짐 모리슨이 리드 싱어였다.

짐 모리슨 또한 명확한 시각과 아우라를 가지고 난데없이 갑자기 나타난 사람이다―디디온은 1979년에 출간한 『더 화이트 앨범』에서, 도어스 그룹은 〈톱 포티〉**의 노먼 메일러이자 종말론적 섹스의 전도사들이었다고 썼다―. 그러나 가수가 없다면 노래의 가사가 무슨 의미가 있겠는가? 무대 위에 '노팬티에 검정 비닐 바지를 입고' 올라가 노래하면서도, 동시에 '동반 자살 이상의 가능성을 제안'하기 위해 신경 쓴 사람이 바로 모리슨이며, 섹스야말로 궁극적 극치감이자 관습에 대한 도전이라는 밴드의 에토스를 전파한 것도 모리슨이라고 디디온은 주장한다. 디디온은 이와 유사한 에너지를 종이 위에 구사하는 전통적인 작가들에게도 끌렸다. 섹스와 죽음, 그리고 제어할 수 없는 힘으로, 더는 현상 유지가 되지 않고 깨질 때 틀어지는 모든 것으로 가득한 이야기를 반복하면서, 그 속에서 경험하는 자신의 극단적 의식 상태를 묘사하는 작가들 말이다. 대학 진학에는 신경도 쓰지 않는 무리와 어울리던 고등학생 시절의 디디온, 피아노 앞에 앉은 프랭크를 관찰하는 디디온, 영화에 등장하는 존 웨인을 지켜보는 어린 디디온, 이 모든 디

**   당대에 인기 있는 노래 40곡을 발표하는 방송 프로그램을 이른다.

디온이 매우 흥미롭다. 드문 모습이기 때문이다. 남성을 똑바로 쳐다보며 눈도 돌리지 않는 여성으로서 조앤 디디온은 관습적인 남성-여성 관계를 역전시켰고, 동시에 디디온 게이즈(Didion Gaze)*라는 말을 만들어 냈다.

1952년, 재능을 막 꽃피우기 시작한 이 작가는 캘리포니아 주립대학교 버클리 캠퍼스에 진학해서 영문학을 공부했다. 버클리는 그녀의 1지망 대학이 아니었다. 스탠퍼드대학교에도 지원했지만 합격하지 못했고, 그때 느낀 실망감을 1968년 「자기가 선택한 대학에서 선택받지 못하는 것에 관해」라는 제목의 에세이에서 털어놓는다. 이 글에서 디디온은 불합격 통지를 받은 날을 이렇게 묘사한다.

그 편지가 든 봉투를 열었던 오후가 아직도 생생하다. 나는 한자리에 선 채 편지를 읽고 또 읽었다. 들고 있던 스웨터와 책들은 모두 현관 복도 바닥에 그대로 팽개쳐 둔 채, 편지에 나오는 단어들이 가진 최종적인 의미를 어떻게든 줄여보려고 애썼다. '포함하

---

* 여성을 바라보는 남성의 시선이라는 뜻의 메일 게이즈(Male Gaze)와 대비되는 개념이 되었다.

지 못한', '긍정적인 조처' 등의 표현에 초점이 맞춰졌다가 흐려졌다가를 거듭하다가, 결국 문장 전체의 뜻을 전혀 알 수 없게 되고 말았다. 당시 우리는 빅토리아 시대에 지어진 크고 어두운 집에서 살고 있었다. 내 머릿속에는 영원히 어느 학교에도 가지 못하고 그 집에서 늙어가는 슬픈 내 모습, 워싱턴 스퀘어의 노처녀로 늙어갈 내 모습이 선명하게 떠올랐다.

작가로 사는 내내 조앤 디디온은 이 편지를 간직했다. 자신이 누구인지뿐만 아니라 일이 원하는 대로 풀리지 않을 때도 있고, 항상 원하는 대로 풀리기만 해서는 안 된다는 사실을 기억하기 위해서였다. 기대가 무너지면서 고정된 세계관, 자신이 '당연히 받을 자격이 있다'라고 생각했던 고정된 기준에서 벗어날 수 있었던 사실, 그리고 스탠퍼드, 예일, 하버드에 들어가는 것처럼 타인이 쓴 대본을 따르는 것인 경우가 많다는 사실을 잊지 않기 위해서다. 부모가 쓴 대본. 가족이 쓴 대본. 우리는 디디온이 버클리에 들어가면서부터는 누구의 대본도 따르지 않게 되었을 것으로 거의 확신할 수 있다. 그러나 그렇다고 해서, 그녀가 튀지 않고 살아가는 데 필요하다고 생각한 대사를 외우는 것까지 그만둘 정도는 아니었다. 1950

년대 초 디디온이 도착한 샌프란시스코 베이 지역은, 당시의 표현을 빌리자면 대체로 문화적으로 '동떨어진 곳'이었다. 다시 말해서, 예술계의 눈을 유럽에서 미국으로 돌리는 데 큰 공헌을 한 폭발적이고 꾸밈없고 우아한 예술 형태인 추상적 표현주의가 꽃핀 곳은 뉴욕이지 캘리포니아 마린 카운티가 아니었다. 버클리대학교에 입학한 디디온은 자신이 어떻게 사고할지를 모른다는 것, 적어도 대학에서 정의하는 대로 사고하는 방법은 알지 못한다는 사실을 깨달았다.

1975년 '내가 글을 쓰는 이유'라는 강연에서, 그녀는 이렇게 말한다.

버클리에서 학부를 다니던 시절에는 저도 노력해 봤습니다. 사춘기 말기에 들어간 청소년이 발휘할 수 있는 가망 없는 에너지를 모두 쏟아부어 사상의 세계로 들어갈 수 있는 임시 비자라도 얻어볼까, 제 머리를 추상적인 개념을 다룰 수 있는 도구로 벼려볼까 애써보긴 했었습니다.

간단히 말하자면, 사고라는 것을 해보려고 노력했다는 말씀이지요. 그리고 실패했습니다. 그런 시도를 할 때마다 어김없이 제 주의는 손에 잡히는 문제, 구체적인 문제로 새어 나가고 말았지요. 당시 알고 지내던 사람들, 아니 그때부터 지금까지 알고 지내는 모든 사람이 대체로 지엽적, 주변적인 문제라고 여기는 쪽으로 말입니다. 헤겔 변증법에 대해 생각해 보려고 하다가, 결국은 창문 밖에 있는 배나무 꽃과 창문 안쪽으로 날아든 꽃잎이 마루에 떨어지며 그리는 패턴에 정신을 완전히 빼앗기고 마는 식이었지요. 아니면 언어학 이론에 관한 책을 읽다가 언덕 위 연구소에 있는 베바트론(Bevatron)*에 불을 켜놓았을지 궁금해하곤 했지요. 베바트론에 불이 켜졌는지 궁금해하고 있다는 말을 들으면, 곧바로 베바트론이라는 단어를 정치적 상징으로 사용한다고 의심할지도 모르겠습니다. 사유와 사상을 주로 다루는 사람이라면, 그 단어를 이용해 군산복합체의 문제점과 베바트론이 대학 공동체에서 하는 역할 등에 관해 말한다고 넘겨짚을 수도 있겠다는 말입니다. 그러나 그것은 잘못된 추측이지요. 저는 그저 베바트론에 불이 켜졌을지, 불이 켜졌다면 어떤 모습일지 궁금했을 뿐이에요. 물리적 사실이 궁금했던 것이지요.

어쩌면, 디디온이 헤겔의 언어로 말할 수 없었던

---

*   당시 세상에서 가장 강력한 입자가속기였다.

것, 혹은 헤겔의 언어가 그녀의 마음에 와닿지 않았던 이유는 그녀가 캘리포니아의 언어를 배우는 데 이미 몰입했었기 때문인지도 모른다. 모든 작가는 지역주의자다. 1979년 유타 원주민과 살인자 개리 길모어의 이야기를 다룬 노먼 메일러의 『남자의 진실』을 논평하면서, 디디온은 미국 서부의 언어를 포착하는 것이 무엇 때문에 그토록 어려운지를 이야기한다. 텅 빔, 서부의 경험 한가운데 자리 잡은 그 광활한 텅 빔, 문학의 정반대 개념일 뿐만 아니라 인간이 하는 노력 대부분에 반대되는 허무주의, 비행운으로 하늘에 쓴 글씨처럼 인간의 목소리마저 점점 작아지다가 없어져 버리게 하는, '0'에 너무도 가까운 두려움에서 어떻게 언어를 만들어 낼 수 있을까? 두려움은 말하는 것을 방해할 뿐 아니라 무언가에 관해 의사소통할 수 있다는 개념 자체를 경계하도록 하기도 한다. 느끼는 바를 말할 수 없다면 무슨 소용이 있을까? 디디온은 새크라멘토의 삶에서 그것을 배웠다.

그런데도, 한 사람의 미국다움(Americanness)을 —미국이라는 곳 자체가 '섬뜩한' 곳이다. 우리는 어떻게 여기에 오게 됐는가? 우리는 여기서 무엇을 하는가? 왜 우리는 여기에 머무는가?— 그 모든 언어학 이론가는 어떻게 볼까? (언어에 관여하는 사람은 누구나 언어학 이론가가 될 수 있다. 그러나 그 말을 17세인 과잉 성취자에게 하면 씨도 먹히지 않을 것이다.) 가령, 헤밍웨이의 소설에서 캘리포니아는 유럽과 비교할 때 주제로서, 그리고 현실로서 어떻게 그려졌을까? 디디온이 자신의 세계에 관한 글을 쓰려고 했을 때 유럽도 고려해야 할 요소 중 하나였을까? 그녀는 세상 전체에 관한 글을 쓰기를 원했을까? 아니면 자신의 미국다움, 디디온다움(Didionness)으로도 충분했을까? 그런 의문들은 점점 더 깊어졌고 그 질문들을 더 자세히 들여다보려고 했으며, 디디온은 버클리를 졸업하고 뉴욕으로 이주해서 《보그》지에서 일하기 시작한 후 궁극적으로 자기만의 답을 찾으려 했다. 여러 개의 강과 그 강물 속에서 자라다시피 한 소녀는 뉴욕에 살면서 자기도 모르게 이스트 리버로 걸어가곤 했다. 자신이 알던 것들이 그리웠고, 그것을 포착하는 유일한 방법은 글을 쓰는 것뿐이었다. 디디온이 1963년에 출간한 첫 소설인 『흐르는 강물(Run River)』은 기억하고 기념하는 행위만큼이나 중요하다.

그러나 너무 앞서가지는 말자. 구체성이라는 대리석에서 단어를 조각해 내는 작가 디디온은 대학생일 때, 미국 동·서부 양쪽에서 모두 유행했던 냉전 시대 스타일의 글들에서는 그다지 큰 영감을 받지 못했을 것으로 추측해도 무방할 듯하다. 어찌 됐든, 우주적 진리를 찾는 척하는 다르마 범(Dharma Bum)*같은 이미지의 디디온은 쉽게 상상할 수가 없다. 그런 모습을 하려면, 너무 많은 가식이 필요하기 때문이다. 디디온은 표현의 자연스러움과 자기가 하는 일을 진정으로 이해해야만 비로소 가질 수 있는 제어력을 추구했다. 그렇게 하는 것이 일상생활에서 엿보이는 형언할 수 없는 것들과 섬뜩함을 이해하기가 더쉽다. 그러나 어떻게 그 수준에 도달할 수 있었을까? 쓰는 행위, 작가가 되는 것 말고는 방법이 없었다. 1954년, 그녀는 열아홉 살의 나이로 고(故) 마크 쇼러의 영문학 106A 강좌를 들을 수 있는 허가를 받는다. 디디온은 그때의 경험을 1978년, 회고록인 「단편 소설을 쓴다는 것」에서 언급한다. 그녀는 그 수업에 관해 "일종의 '글쓰기 워크숍'으로, 일주일에 세 번씩 만나 토론하고 한 학기 내에 각자 적어도 다섯 편의 단편 소설을 써서 내야 하는 강좌였다. 청강은 허락되지 않았고, 아무도 큰 소리를 내지 않았다. 1954년 가을학기, 영문학 106A 강좌는 일종의 신성한 경

---

* 잭 케루악(Jack Kerouac)의 작품인 『다르마 범(The Dharma Bums)』에서 유래한 말로, 불교적 가치나 철학을 추구하면서 전통적인 사회의 규범과는 다른 방식으로 삶을 살아가는 사람을 의미한다.

험, 진정한 작가들의 엄중한 세상으로 들어가는 신고식처럼 여겨졌다. 토론 수업 시간에 들어갈 때마다 예민한 흥분감과 두려움이 들었던 기억이 생생하다"라고 회고한다. 디디온의 두려움은 부분적으로, 다섯 편의 단편 소설을 완성할 수 있을 정도로 아직 충분한 경험을 하지 못했다는 생각에서 나왔다. 그리고 바로 그 두려움 때문에 그녀는 (놀랍게도) 강의에 한 번도 빠진 적은 없지만, 수업 중에 사라져 버리고 싶다는 생각을 하곤 했다. 디디온은 이렇게 회상한다. "나는 수업 시간에 눈에 띄지 않을 만한 옷을 찾기 위해 옷장을 샅샅이 뒤져서, 결국 더러운 비옷 한 벌을 발견했다. 그러고는 그 비옷을 입고 구석에 앉아 그들이 아는 것을 내가 알게 될 희망이 없음에 절망하며, 다른 사람들이 단편 소설을 낭독하는 것을 들었다." 작가라면 누구나 알고 있지만, 글을 쓴다는 행위는 몸에서 분리할 수 없는 일이다. 글은 바로 작가 자신이고, 작가는 가수이자 노래 그 자체다. 작가로서의 커리어 내내 디디온은 페이지 위에 '나(I)'를 표현하거나 투영했지만, 동시에 어느 정도 거리를 유지하면서 그 이야기를 이루는 배경과 인물들이 나름대로 이야기를 펼칠 수 있게, 자신은 사라져 주고자 하는 욕구를 지니고 있었다. 그러나 마크 쇼러의 강의를 듣던 당시 디디온은 자기가 하는 이야기, 하고 싶은 이야기가 사람들이 듣고 싶어 하는 이야기일지에 관해 확신하지 못했다. 어떻게 삶에서는 사라지면서 동시에 종이 위에서는 '나(I)'라고 말할 수 있는지 확신할 수가 없었던 것이다. 쇼러의 강의에서 느꼈던 두려움과 공포는 그녀가 원래 가지고 있던 두려움과 공포보다 더 큰 것이 아니었다. 그 두 가지는 동등했다. 한쪽은 다른 한쪽과 함께 살아간다. 그리고 그 관계는 영원히 계속되는 듯하다. (디디온은 1998년 헤밍웨이에 관한 글인 「마지막 말」에서 이렇게 썼다. '작가라는 직업의 특별한 점은 자신의 말들이 활자로 인쇄된 것을 봐야 한다는 씻을 수 없는 치욕을 피하고서는 작가가 될 수 없다는 사실이다.') 그것은 작가로서 삶의 일부다. 작가는 어떻게든 반복해서 살아남아 글을 쓴다. 바로 그 자체만으로도 섬뜩한 행위라고 하지 않을 수 없다.

-힐튼 앨스(Hilton Als)

2020년 7월

목차

1968

앨리시아와 대안 언론

요즘 신문을 읽다 보면, 나는 AP통신의 전화선일 확률이 아주 높은 끈 같은 것에 목을 졸려서 뇌로 가는 산소 공급이 끊긴 것이 틀림없다는 생각에 빠지곤 한다. 그런 식으로 숨통을 막지 않는 몇 안 되는 예외는 《월스트리트 저널》, 로스앤젤레스의 《프리 프레스(Free Press)》와 《오픈 시티(Open City)》, 그리고 《이스트 빌리지 아더(East Village Other)》뿐이다. 내가 재미있는 괴짜라든가, 괴팍하고, 엉뚱하고, 뭐랄까 취향이 근사한 사람처럼 보이지 않을까, 하는 희망에서 하는 말이 아니다. 내가 하고 싶은 말은 우리 모두에게 벌어지고 있는 매우 심각하고 독특한 현상, 즉 누구도 다른 사람과 직접 의사소통하지 못하는 현상, 미국 신문들이 독자들에게 '가닿도록' 의미를 전달하지 못하는 현상에 관한 것이다. 《월스트리트 저널》(내가 거기에 실린 글의 내용에 거의 관심 없는 것은 논외로 하고)과 '대안' 매체에 실린 글들의 공통점은 독자들과 직접 의사소통한다는 점이다.

《프리 프레스》, 《이스트 빌리지 아더》, 《버클리 바브(Berkeley Barb)》 등을 비롯한 타블로이드 형식의 신문을 발행하는 언론사들은 젊은이와 소외 계층의 관심과 이익을 대변한다고 자부하는 곳들로, 상당히 작위적인 '객관성'을 코에 걸고 젠체하는 기성 언론들의 가식을 찾아볼 수 없다는 큰 장점이 있다. 오해하지 말기를 바란다. 나도 객관성을 매우 중요시한다. 하지만 글쓴이가 가진 편향성을 독자가 이해하지 못한다면, 어떻게 객관성을 확보할 수 있을지 나는 도저히 모르겠다. 모든 편향에서 자유로운 척하며 쓴 글에는 대안 매체에 아직 전염되지 않은 가식과 허위가 가득할 수밖에 없고, 《월스트리트 저널》 등에는 발도 들일 수 없을 것이다. 대안 신문에 글을 기고하는 사람은 자기가 무엇에 동의하거나 동의하지 않으면, 그렇다고 밝힌다. 누가, 무엇을, 언제, 어디서, 어떻게 같은 요소를 무시하는 한이 있더라도 그 의견부터 분명히 밝히는 경우가 많다.

물론, 대안으로 불리는 신문들이 딱히 은밀한 지

하 세계에서 움직이는 것도 아니다. 뉴욕의 34번가 남쪽에는 《이스트 빌리지 아더》가 발에 밟힐 정도로 널렸고, 로스앤젤레스의 회계사들은 선셋 스트립에 점심 먹으러 가는 길에 일상적으로 《프리 프레스》를 집어 들곤 할 정도가 아닌가. 사람들은 흔히 이런 신문들이 전문적이지 못하고(사실 그렇다), 되잖게 우습고(사실 그렇다), 따분하고(사실 그렇지 않다), 실제 정보에 그다지 얽매이지 않는다고 불평한다. 실제로 대안 신문들에 담긴 정보량은 극도로 적다. 평화 행진 소식, 로큰롤 그룹이 착취 세력에 합류한 소식(가령, 어느 그룹이 레코드를 발매했다거나 주류 무대 공연 계약을 맺었다거나, 하는 배신의 소식), 멕시칸 낙태*를 시도하다 하혈이 너무 심해져 응급실에 가서, 초진하는 인턴이 꼬치꼬치 캐물을 때 어떻게 대처해야 할지에 관한 패트리샤 매기니스(Patricia Maginnis)**의 조언 ["패트리샤와 로위나 거너(Rowena Gurner) 두 사람, 혹은 둘 중 하나가 임신 중절을 도왔다고 마음 놓고 말하세요. 다

---

* 임신한 여성을 계단에서 아래로 떨어뜨려 낙태시키는 방법을 가리켰으나, 점점 불법으로 위험하게 행해지는 임신 중절 시술을 통칭하게 됐다.

** 미국에서 임신 중절 권리를 주장한 첫 활동가로 꼽히는 인물이다. 로위나 거너, 라나 펠란(Lana Phelan)과 함께 '3인의 군단(Army of Three)'을 형성해서 임신 중절을 원하는 여성들과 필요한 의료 서비스를 제공하는 사람들을 연결해 주는 일을 했다.

른 사람 이름은 입에 올리지 마세요. 우리는 체포당하려고 애쓰는 중이지만, 다른 사람들은 그렇지 않거든요."], 열다섯 살 난 마약 거래상의 반성("마약을 거래하려면, 정말 평생직장이라는 생각으로 임해야 해요. 그러지 않으면 할 수 없는 일이죠."), 과속 운전은 살인 행위라는 훈계 등으로 지면이 채워지는 경우가 허다하다. 말하자면, 오늘 자《프리 프레스》내용은 다음 주나 다다음 주《프리 프레스》에 실리는 내용과 크게 다르지 않을 것이다. 특히 약물 사용자들, 혹은 게릴라 혁명 운동가들 내부에 생기고 있는 분열 소식을 건성으로 대하는 사람에게는《로스앤젤레스 프리 프레스》,《이스트 빌리지 아더》,《버클리 바브》,《피프스 에스테이트(Fifth Estate)》,《워싱턴 프리 프레스》가 모두 비슷비슷해 보일 것이다. 나는 대안 신문에서 내가 꼭 알아야 할 필요가 있는 '팩트'를 발견한 적이 한 번도 없다.

그러나 '팩트'를 알기 위해 이런 신문을 읽는다고 생각하면 오해다. 이 신문들의 특출난 점은 바로 독자들에게 직선적으로 의사 표현하면서 말을 건다는 점이다. 그들은 독자들을 무엇인가 걱정하거나 마음이 상한 친구로 가정하고, 솔직하게 말하면 이해할 것으로 생각한다. 공통의 윤리관을 가진, 말이 통하는 독자들을 상대로 한다는 추정 덕분에 이런 신문에 실리는 글은 타당성과 설득력을 갖추게 된다. 최근 《프리 프레스》에는 '앨리시아'라는 이름의 독자가 앤아버시*를 분석한 글이 실렸다. 글쓴이는 이 도시의 성격을 세 줄로 요약해서 하이쿠를 방불케 하는 간결 명료함을 과시했다. '교수들과 교수 부인들은 비트 세대** 출신들(버클리, 57년 졸업생들)로 평화 행진에 참여하고 우탄트(U Thant)***에게 수선화를 선물하는 사람들이다. 일부 아이들은 아직도 티모시 리어리(Timothy Leary)와 칼릴 지브란(Kahlil Gibran)****을 신봉한다. 그 아이들의 부모 중 일부는 아직도 킨제이 보고서를 믿는다.'

이 신문들은 기존 신문의 관습을 무시하고, 하고자 하는 말을 직설적으로 해버린다. 단호하고 자신만만하지만, 신경에 거슬리지 않는다. 그 글들이 범

---

*   미시간대학교가 있는 미국의 대학 도시이다.

**   기성 세대의 가치관을 거부하고 자유를 주장하였으며, 낙천주의적 사고를 중시했던 1950년대부터 1960년대 초까지의 미국 청년 부류를 말한다.

***   1962년부터 1971년까지 UN 사무 총장을 역임한 미얀마의 정치가이다.

**** 티모시 리어리는 대항문화에 영향을 받은 심리학자이자 작가로, LSD가 합법이던 당시 이 약물이 정서와 정신 치료에 유용하고 인성을 변화시켜 새로운 진화를 가능하게 하므로, 엘리트층의 전유물이 아니라 사회 전체적으로 이 약물을 사용해야 한다고 주장했다. 칼릴 지브란은 레바논 출신으로 미국과 유럽에서 활동한 작가이며, 『부러진 날개』, 『예언자』 등의 작품을 썼다. 인류 평화와 화합, 레바논의 종교적 단합을 호소했다.

하는 실수는 친구로서 할 만한 실례이지, 모놀리스 (Monolith)*로서의 우(誤)는 아니다. 〔물론 모놀리스는 대안 언론에서 가장 선호하는 단어이며, 몇 안 되는 세 개의 음절로 된 단어 중 하나이다.〕 대안 신문에 기고된 글의 시각은 아무리 둔한 독자라도 놓치기가 힘들다. 기성 매체의 훌륭한 신문들은 입에 올리지 않지만, 그 배후에 매우 강한 태도라는 것이 존재하고, 그런 시각을 절대 언급하지도, 인정하지도 않는다는 사실 때문에 습지 식물이 썩을 때 내뿜는 부식 가스 같은 것이 독자와 신문지를 자욱하게 감싸곤 한다. 《뉴욕 타임스》를 읽고 있자면, 내 안에서 불쾌한 소작민의 공격 본능이 깨어나고, 영화 〈카루셀(Carousel)〉**에서 가난한 주인공의 맨발의 딸이 되어 스노가의 아이들이 맥조지 번디(McGeorge Bundy), 라인홀드 니버 (Reinhold Niebuhr), 하워드 러스크(Howard Rusk) 박사 같은 당대의 지성인들과 주일 만찬을 하기 위해 걸어가는 모습을 지켜보는 듯한 느낌이 들곤 한다.

---

* 거대한 암석을 의미하는 단어인데, 부수기 힘든 기존의 거대 조직을 뜻하기도 한다.

** 1956년에 나온 미국 영화이다. 놀이동산의 회전목마로 사람들을 끌어들이기 위해 큰 소리로 호객 행위를 하는 것이 직업이었던 빌리 비글로우와 방앗간에서 일하던 소녀 줄리가 결혼하고, 가난 때문에 벌어지는 이야기를 다뤘다.

풍요의 뿔이 넘쳐나고, 황금 십자가***가 번쩍인다. 회전목마 호객 담당인 딸은 무정부 상태를 꿈꾸면서 스노가의 아이들이 어젯밤은 어두웠다고 말해도 믿지 않을 것이다. 《뉴욕 타임스》나 《로스앤젤레스 타임스》보다 낮은 수준의 신문들은 보도되는 뉴스를 신뢰하고 말고를 논하기 전에 뉴스가 전달되는지 여부 자체가 문제다. 이런 신문들에서 이해하기 어려운 사건을 보도할 때면, 송신되어 들어오는 텔레타이프를 손에 넣은 원숭이가 여기저기 아무 구절이나 넣고, 보도 자료를 조금 삽입해 놓은 듯한 글을 읽는 느낌이 드는 경우가 많다. 열일곱 살이 되던 해 여름, 나는 한 신문사에서 일했다. 날마다 제일 중요한 일은 경쟁사의 기사를 자르고 재조합해서 새 기사를 써내는 일이었다. ("우리를 교란하기 위해 심어놓은 기사인지 확인해." 일하기 시작한 첫날 내가 들은 조언이다.) 게다가 그런 종류의 작업은 지역 전체에 걸쳐 매우 활발하게 벌어지는 일이라는 인상이 짙었다. '카운티 감독관들, 빈민가를 밀고 하워드 존슨 호텔을 건축할 계획을 세운 노스 에어리어 부동산업자들을 칭송하

*** 가난한 사람들보다 부자들의 이익을 위해 세워지는 공공정책을 칭하는
     말이다.

다', '자선 사업에 열심인 상류층 여성들, 최근 구입한 말기 암 치료용 의료기를 둘러 보다', '디어 애비',* '마음의 거울' 등등. 혀가 입 밖으로 축 처지게 나올 정도로 졸음이 오고, 현실은 저만치 멀어진다. 35면에는 '세미너리? 세미터리? 사전이 절실한 초등학생'이라는 기사가 실렸다. "파두카, 켄터키(연합통신) 주일학교 선생님인 케이 파울러가 세미너리(Seminary, 신학교)가 무엇인지 묻자 한 소년이 큰 소리로 대답했다. '사람들을 묻는 곳(세미터리, Cemetery)이에요.'**" 그런 기사가 35면에 실린 신문이라면, 1면에 실린 기사도 믿을 수 없다.

낮은 수준의 언론이 원숭이 손에 있다면, 높은 수준의 언론은 암호가 장악하고 있다. '잘 알고 있다', 혹은 '소식에 정통하다'라고 간주되려면, '진짜 스토리', 즉 신문에 실리지 않은 이야기를 알고 있다는 것과 같은 의미로 통한다는 사실 자체가 현재 미국 언론에 팽배한 통념이 무엇인지를 잘 말해주고 있다. 우리는 신문들이 공식적 윤리를 반영하고, '책

---

*   애비게일 반 뷰렌이라는 이름으로 신문상에서 독자들의 질문에 상담해 주는 인생 상담란을 말한다.
** 신학교라는 의미의 세미너리(Seminary)를 공동묘지라는 의미의 세미터리(Cemetery)와 혼동한 것이다.

임감 있게' 일해주기를 기대하게 됐다. 존경받는 신문기자는 더는 적이 아니라 비밀을 털어놓는 친구이자 참여자다. 그들이 가장 이상적으로 생각하는 것은 대통령 고문 역할을 하고, 월터 로이터(Walter Reuther),*** 헨리 포드(Henry Ford)와 식사하고, 르 클럽에서 헨리 포드의 딸과 춤을 추는 생활이다. 그런 다음 어깨를 누르는 무거운 책임감을 느끼며, 암호로 가득한 기사를 쓴다. 앨리시아는 책임감 따위는 별로 신경 쓰지 않는다. 앨리시아는 르 클럽 같은 곳에 절대 가지 않는다. 앨리시아는 아마 앤아버를 벗어난 세상에 대해 거의 아무것도 모를 확률이 높다. 그러나 그녀는 앤아버에 대해 자신이 알고 있는 모든 것을 내게 말해준다.

***　1950년대 미국 노동조합 지도자로서, 전미자동차노조의 전성기를 이끌었다.

1968 평온을 찾아서

2

"제 경우만 이야기하자면요, 프로그램에 가입하고 7
개월이 지났는데 내내 참 좋았어요. 저는 가데나에
서 로볼(Lawball)* 게임만 했어요. 밤에 아이들을 재
운 다음에 가곤 했는데, 그런 날은 새벽 다섯 시 전에
집에 돌아간 적이 없었죠. **제 문제는** 그리고 나면 잠
을 잘 수가 없다는 거예요. 머릿속에서 게임 하나하
나 모두 다시 보기를 하는 거죠. 그러니 그다음 날은
얼마나 피곤하겠어요. 완전히 짜증 덩어리가 되는 거
죠. 특히 애들한테." 그 젊은 여성은 그렇게 말했다.

마치 진통제 광고에나 나올 법한 말투지만, 뭘 팔
기 위해 하는 말이 아니었다. 저 말은 내가 최근 참

---

*   드로 포커 게임의 일종이다.

석한 도박 중독자 갱생회인 '갬블러스 어나니머스 (Gamblers Anonymous)'에서 들은 '고백'이기 때문이 다. 모임은 캘리포니아주 가데나의 단층 주택들이 늘 어선 동네의 클럽하우스에서 열렸다. 가데나는 로 스앤젤레스 카운티의 드로 포커 중심지다(스터드 게 임 없음, 주류 섭취 금지, 클럽은 오전 5시부터 9시 사이 폐 장, 크리스마스만 종일 휴업 등을 규칙으로 한다. 라스베이거 스가 있는 네바다주와 달리 캘리포니아주에서는 드로 포커 만 허용하고, 멀리까지 가서 하는 게임은 금지한다). 그리고 카드 게임을 할 수 있는 클럽하우스들이 엎드리면 코 닿을 곳에서 유혹의 손길을 내밀고 있다는 사실이 마치 초자연적인 힘처럼 모임 전체를 덮고 있었다. 그 느낌은 벽에 걸린 워싱턴과 링컨의 초상화, 성조기, 플라스틱으로 만들어진 조화 수국, 다과 위원회가 차려놓은 테이블만큼 실제적이어서 거의 피부로 느 껴질 정도였다. 길모퉁이만 돌아가면 그들이 오기를 기다리며 신나는 일이 벌어지는 곳이 있는데, 모임이 열리고 있는 그 더운 방에서는 그 신나는 행위를 갈 망하는 40명의 사람이 담배 연기에 눈을 껌뻑거리 며 불편한 의자에 앉아 몸을 뒤척이고 있었다. "가데 나 때문에…" 한 젊은 남성이 작게 한숨을 내쉬며 말 했다. "완전히 망했어요." 밴뉴스고등학교에 다닐 때

기계 제도를 잘했었다고 말하는 그 젊은이는 22세였고, 1951년에 유행하던 덕 테일 스타일을 완벽하게 재현한 머리형을 하고 있었다. 어쩌면 그 머리형은 방에 모인 모든 사람과 마찬가지로, 그가 얼마나 관습에 구애받지 않고 생활했는지 잘 보여주는 증거인지도 모르겠다. "큰돈을 잃지는 않았어요." 그가 말을 이었다. "하지만 손에 넣을 수 있는 돈은 모두 잃었습니다. 해병대 복무할 때부터 시작됐죠. 그때는 베트남에서 여자도 많이 만나고, 돈도 쉽게 벌던 시절이었어요. 그때 그렇게 살던 게 지금 이렇게 망한 원인이라고 할 수도 있을 것 같아요."

담배 연기가 더 자욱해졌고, 증언들도 더 치열해졌다. 그렇게 하는 것이 인생에 대해 배울 수 있는 좋은 방법이라고 잘못 생각하고 장거리 시외버스에서 옆자리에 앉은 승객과 기회 있을 때마다 대화하곤 했던 때 이후, 나는 특정 종류의 고백을 그렇게 많이 들어본 적이 없었다. "다니는 회사에서 큰돈을 횡령하는 데 성공했어요." 사람들끼리 주고받는 말들이 들려왔다. "카노가 파크에서 열린 모임에 참석하려고 나섰다가 고속도로에서 차를 돌렸어요. 그게 지난주 수요일이었어요. 결국, 가데나 클럽으로 간 거죠. 이제 다시 이혼당하기 직전까지 갔어요." **메아 쿨파**

(Mea Culpa).* 우는 것처럼 보이는 사람이 많았다. 그들 중 많은 수가 그 전날 밤에도 울었을 것이고, 그 전전날 밤에도 울었을 것이다. 매일 밤 로스앤젤레스의 어딘가에서는 '갬블러스 어나니머스' 모임이 벌어지고 있다. 롱비치나 카노가 파크, 다우니, 혹은 컬버시티 등등 어디에선가는. 가장 이상적인 것은 일주일에 대여섯 번 그런 모임에 참석하는 것이다. "지금까지 가데나에서 열리는 모임에는 한 번도 참석해 본 적이 없어요." 누군가가 설명했다. "이유는 단순하죠. 가데나를 지나칠 때마다 식은땀이 나거든요. 심지어 고속도로에서 가데나를 지나칠 때마저도요. 하지만 오늘 드디어 여기에 왔습니다. 모임에 참석하는 날은 도박하지 않는 날이니까요. 신과 여러분의 도움으로 도박을 끊은 지 오늘로 1,223일이 되었습니다."

사람들의 대화에는 특별한 종류의 호기심이 깃들었다. 마치 별점을 치는 사람이라도 된 것처럼(어쩌면 실제로 별점 치는 직업을 가진 사람들이 섞여 있었을지도 모른다) 모두가 자기 자신뿐만 아니라 다른 사람들의 중요한 '날짜'를 열심히 기억했다("1965년 12월 3일, 그

---

* '내 죄로소이다'라는 뜻의 라틴어 문구로, 가톨릭 고해성사에서 유래한 말이다.

날은 좋지 않은 날이었어요. 가짜 수표를 처음으로 쓴 날이거든요. 343달러나 되는 액수를 말이죠. 하지만 프랭크 L.에게는 중요한 날이에요. 그다음 해 12월 3일은 프랭크가 같은 직장에 8개월 쭉 다닌 기념일이 됐거든요. 나중에 그 직장을 잃기는 했지만요. 같은 날짜라도 그날 어떤 사람은 분투를 한 날이고, 어떤 사람은 미끄러진 날이라는 걸 알 수 있죠. 이런 사실을 깨달은 것도 '갬블러스 어나니머스'를 통해 얻은 기적이에요."). 모두 언어로 표현할 수 있는 차원 아래에 존재하는 늪에서 허우적거리다 지푸라기 같은 어구(語句) 하나라도 지나가면 그것에 매달리는 듯했다. "프로그램을 시작한 다음부터 가족과 함께라는 느낌이 들게 됐어요. 프로그램에서 얻은 것 중 제일 중요한 걸 꼽으라면 지금으로서는, 음… 제 정신적 사고라고 할 수 있겠어요." 누군가가 말했다. 그러자 또 다른 사람이 말을 이어갔다. "모두가 아시다시피 노만디 클럽에서 보낸 11월 28일 밤은 제 인생의 바닥을 친 날이었어요. 그리고 그다음부터 평온을 찾았죠." 누군가가 덧붙였다. "그게 제 목표예요. 평온을 찾는 것."

특별히 꼬집어 잘못되었다고 할 만한 것은 없었지만, 뭔가가 맞질 않았다. 뭔가 불편한 느낌. 처음에는 회원 중 많은 수가 자기가 얼마나 '무력했는지', 어떻게 자기가 제어할 수 없는 힘에 떠밀려 가게 됐는지에 집착하는 경향을 보이기 때문일 것으로 생각했다. 기적, '높은 곳에 있는 존재', 그리고 '우리보다 더 큰 힘'에 대한 말이 많이 오갔다. '갬블러스 어나니머스' 프로그램은 '알코올 중독 어나니머스' 프로그램과 마찬가지로 중독자가 자신의 상황을 수동적으로 받아들이는 시각을 강화하는 경향이 있다. ('갬블러스 어나니머스'가 내세우는 '열두 단계' 중 첫 단계는 자기 삶이 제어할 수 없는 상황으로 '빠져들었다'는 사실을 인정하는 일이다. 거기서 다섯 단계를 더 나아가도, 여전히 수동적인 상태에서 벗어나지 못하고 '자기가 가진 성격적인 단점을 제거당할' 준비가 되었다고 단언하는 것에 그친다.) "이웃의 소개로 할리우드 파크 모임에 가게 됐어요. 정말 그 사람에게 큰 빚을 졌어요." 누군가가 그날 밤 말했다. "누가 가데나 클럽을 폭파해 버려야 해요." 젊은이 하나가 내게 열띤 목소리로 속삭였다. "어린애가 그런 데 발이라도 들이는 날이면 평생 코 꿰이는 거니까요."

하지만 **메아 쿨파**라고 아무리 외쳐도 결국 **쿨파**(죄)가 전적으로 **메아**(나의)라고 인식되는 법은 절대 없다. 그런 다음 사람들은 커피를 마시고 케이크를 자른다. 그날은 프랭크 L.의 갬블러스 어나니머스 '생일'이었다. 프로그램을 시작한 지 6년 만에 그는 처음으로 도박하지 않고 만 1년을 보냈고, 그 기념으로 1

년 기념 배지("프랭크 L., 이것만은 절대 잊지 마세요. 1년 기념 배지는 인생이라는 책에 끼우는 책갈피에 불과하다는 사실 말이에요.")와 케이크도 받았다. 하얀 바탕에 분홍색 아이싱으로 '여전히 기적은 일어난다'라고 씌어있는 케이크였다. 아내와 자녀들, 장인, 장모에 둘러싸인 채 프랭크 L.이 말했다. "쉬운 여정은 아니었죠. 하지만 지난 3, 4주 동안 집에… 평온이 찾아왔어요." 흠, 또 그 소리였다. 다시 또 누군가 '평온'이라는 말을 입에 올리기 전에 나는 얼른 자리를 떴다. 내게는 그 단어가 죽음을 연상시켰기 때문이다. 그 모임에 참석한 후 며칠 동안, 나는 밝게 불이 켜져 있고 아무도 날짜 수를 세지 않는 곳만 찾아다녔다.

3

1968

도원경을 방문하다

보는 사람에게 깊은 영향을 끼치곤 하는 그 독특한 이미지가 캘리포니아 사람들의 마음에 자리 잡기 시작한 것은 거의 반세기 전부터였다. 바로 샌시미언, '라 퀘스타 엔칸타다(La Cuesta Encantada)'* 이야기다. 윌리엄 랜돌프 허스트가 산 루이스 오비스포 카운티 위쪽 해 잘 드는 언덕에 지은 환영 같은 성 말이다. 캘리포니아의 어린이들은 아주 어릴 적부터 샌시미언에 대해 듣고 자랐고(나도 그중 하나라 잘 안다), 1번 국도를 지날 때마다 먼 언덕을 왕관처럼 장식하고 있

---

*   '마법의 언덕'이라는 의미로, 허스트가 살던 저택을 말한다. 통신사, 출판사, 방송국 등을 거느린 '허스트 신문 제국'을 만든 허스트는 샌시미언 근처에 '허스트 캐슬'이라고도 부르는 이 대저택을 지었다. 1957년 허스트 코퍼레이션이 캘리포니아주에 기부 채납했다.

는 무어 양식의 새하얀 탑과 요새를 찾아보라는 말을 듣곤 했다. 차에서 보는 샌시미언은 뜨거운 태양을 받아 아지랑이처럼 어른거리며 반짝이거나, 해안을 따라 낀 안개 위로 환영처럼 솟아올라 있었다. 국도를 지나가다 샌시미언을 한 번이라도 보고 나면, 그 광경을 머릿속에서 영원히 지울 수가 없다. 모종의 추상적인 원칙이 현실에서 가능하다는 것을 보여주는 물질적 증거로 뇌리에 각인되는 것이다. 샌시미언은 우리가 사는 땅이 주는 무한한 약속을 확인해 준다. 그 언덕으로 올라가는 길에 있는 문은 항상 잠겨있었지만, 허스트가 사람들은 서부 개척 시대 사람들처럼 어쩐지 우리와 다르지 않은 보통 사람들 같은 느낌을 줬다. 허스트가의 부는 서부 개척으로 쌓은 것이다. 원래 네바다 은광에서 돈을 벌었고, 서부 개척 문화에 팽배했던 행운, 상상력, 무책임과 현란함으로 돈을 벌고 쓴 사람들 아닌가. 허스트가 사람이 자기만의 성을 지을 수 있다면, 누구나 왕이 되는 것도 가능하다.

거기에 더해 샌시미언은 그야말로 아이가 지을 법한 성이다. 어린이에게 2억 2천만 달러가 있고, 그중 4천만 달러를 성을 짓는 데 써도 된다고 하면 지을 것 같은 성. 그곳은 모래성이었고, 이 세상의 것으로는 믿을 수 없는 곳, 따뜻한 황금색 빛과 연극적 안개가 자욱한 곳이었다. 이 쾌락의 아방궁 주인도 우리 모두가 잘 알고 있는 그 커다랗고 어두운 두려움에서 예외가 아니었고, 바로 그 때문에 성의 표면이 즐겁고 밝고 장난스러워야 한다고 고집했다. 샌시미언은 무한한 쾌락을 지금, 그곳에서 찾을 수 있도록 하는 데 초점을 맞춰서 지어졌고, 그런 면에서는 미국에서 지어진 어떤 건축물도 샌시미언을 능가할 수 없다. 샌시미언에서는 일 년 열두 달 낙엽이 지지 않고, 아무것도 헐벗거나 죽지 않는다. 사계절 내내 장미와 푸크시아와 부겐빌리아꽃이 폈고, 50만 갤런에 달하는 물이 거대한 수영장에서 반짝였으며, 얼룩말과 영양들이 금빛 언덕을 누볐다. 편종 소리가 50킬로미터 사방으로 울려 퍼졌고, 오색찬란한 시에나의 깃발들이 길쭉하고 묵직한 식탁 위에서 나부꼈다. 손님들은 누른 오리고기를 먹고 손을 종이 냅킨에 닦았다. 이런 작은 부분까지 매 끼니를 소풍처럼 먹고 싶어 하는 어린아이의 환상을 담은 것이었다. 샌시미언의 정신은 무엇이 옳고, 무엇이 그른지, 무엇이 좋고, 무엇이 덜 좋은지, 무엇이 '예술'이고, 무엇이 '예술이 아닌지' 등으로 제약받는 걱정 많은 어른의 제약에서 완전히 자유로웠다. 윌리엄 랜돌프 허스트는 뭔가가 마음에 들면 그것을 샀고, 그것을 샌시미언으로 가져왔다. 성에 사는 사람들도 어린아이가 성의 주인이면 모았을 법한 인물들로 구성됐다. 무한한 힘을 가진 왕, 왕의 사랑을 받지 못하는 왕비, 이국에서 잡혀 와 갇힌 공주, 속세의 도읍지에서 보낸 소식과 진상품을 가지고 오는 야심 찬 부하들. 거기에 더해 궁정에 머물며 왕과 사교를 하는 조신들도 있었다. 화려하게 성을 장식하는 그 조신 중에는 주말을 보내기 위해 왔다가 몇 달째 떠나지 않는 사람들도 있었다. 이 성의 주인은 그 누구도 쫓아내지 않았기 때문이다. 너무 술을 많이 마시거나, 죽음을 입에 올리지만 않는다면 말이다. 이 동화 속 세상에는 어두운 그림자가 허용되지 않았다. 샌시미언은 아무도 죽지 않는 왕국이 될 터였다.

그런 곳이 눈에 보이는 데 있었다. 모든 어린아이가 볼 수 있도록 언덕 위에 둥둥 뜬 채로. 나는 그곳을 서너 번밖에 보지 못했지만, 이야기는 수없이 들었고, 그리고 기억했다. 샌시미언은 상상력의 원천으로 내게 영향을 끼쳤고, 내 상상력의 형체를 만드는데 일조했다. 모든 아이가 자기가 자란 곳의 실제적, 정서적 지형에 영향을 받고, 어떤 이야기를 듣고 자랐는지, 어떤 이야기를 만들어 내며 자랐는지에 영향을 받는 것과 마찬가지로 말이다. 내게 샌시미언은 그런 곳이었기 때문에 얼마 전 나는 그곳을 방문했다. 샌시미언은 1958년 이후 주립 유적지로 지정되어 있었다(물론 성을 다스리던 왕도 결국 1951년에 죽었고, 그의 아들들이 성을 캘리포니아주 정부에 기부 채납했다). 나는 본채에 있는 147개의 방과 별채를 도는 일일 관광팀에 합류했다.

그곳은 내 예상대로였고, 동시에 예상에서 벗어났다. 샌시미언은 물리적인 면에서는 대부분 윌리엄 랜돌프 허스트가 살아있을 때와 비슷한 모습으로 남아있었다. 농장은 2십7만 5천 에이커에서 8만 5천 에이커로 줄었지만, 여전히 소 방목 농장으로 운영되고 있었고, 타일이 깔린 넓은 테라스에서 보면 끝이 보이지 않는 것도 변함이 없었다. 개인 동물원이 문을 닫아서 누, 나무늘보, 코끼리 등은 볼 수 없지만, 얼룩말 몇 마리는 남아 언덕 위의 월계수 나무 주변에서 풀을 뜯고 있었다. 그곳을 가끔 방문하는 예술사학자들은 태피스트리는 색이 바랬고, 유화 표면에 균열이 생겼고, 다채로운 색을 입힌 목조 조각의 색이 벗겨지고 있으며, 조각된 목조 천장이 벌레로 인해 상하고 있다고 걱정하곤 하지만, 꽃병에 더는 꽃이 없고 여기저기 시간의 습격을 받은 흔적을 제외하면, 성은 허스트가 마지막으로 보았을 때 모습을 그대로 유지하고 있다. 정원에는 여전히 장미가 피고, 야자수잎은 햇빛을 받아 반짝이고, 바다를 향해 굽이쳐 내려가는 황갈색 언덕은 캘리포니아 시골에서만 볼 수 있는 독특한 빛을 발한다. 변한 것은 아무것도 없는 듯하다. 그런데도 모든 것이 변했다. 캘리포니아주 정부가 샌시미언의 정체성을 완전히 바꿔버렸기 때문이다. 이제 샌시미언은 또 한 명의 부자가 지은 또 하나의 집에 불과하게 됐다. 그 집에는 일 년에 4백만 명이나 되는 관광객이 몰려든다. 면바지에 밀짚모자를 쓴 사람, 헤어 롤러로 머리를 말고 오는 사람까지 각양각색이다. 모두 3달러 입장료를 내고 들어와서는 바닥을 보호하기 위해 깔아둔 나일론 카펫을 따라 집을 누빈다. 서로 사진이 잘 나오는 각도에 대해 조언하고, 이런 큰 집은 난방비가 얼마일까 추측해본다. 성수기에는 주 정부에서 89명의 공무원 안내원과 관광 도우미를 고용한다. 그들 중 일부는 하인 전용 숙소로 지어진 곳에서 기거하고, 전원이 매일 오후 6시에서 8시 사이에 넵튠 풀에서 수영한다. 테라스에서 바비큐를 해 먹고, 밤늦게까지 '세대 차이' 등의 주제를 가지고 토론한다. 카키색 유니폼을 입은 안내원들은 정보의 보고다. **미스터 허스트의 정원에는 2,144그루의 장미가 심어졌고, 미스터 허**

스트의 개인 도서관 장서는 5,400권이며, 한때 미스터 허스트는 전 세계 예술품의 4분의 1을 사들인 것으로 알려졌고, 소장 예술품의 범주만도 504종에 달합니다. "미스터 허스트의 손님으로 초대받은 사람은…" 그들은 반복해서 그렇게 말한다. 미스터 허스트의 손님으로 초대받은 사람은 저녁 식사 전에 월리처 베이비 그랜드 피아노를 연주할 수도 있었을 것이다. 미스터 허스트의 손님으로 초대받은 사람은 저녁 식사 후 영화를 관람할 수도 있었을 것이고 **영화 상영실에서 영화에 출연한 배우들 바로 옆에 앉을 수도 있었을 것이다.** 숭배에 가까운 그들의 존경심은 허스트의 아들들에게까지도 확대된다. 그들은 허스트가 사람들만 사용하도록 한 방 20개짜리 게스트하우스에 가끔 와서 머물다 간다고 한다. "직접 본다 해도 알아보지 못했을 거예요." 안내원이 충고한다. "우리와 전혀 다르지 않은 옷차림을 하고 있거든요." 가이드의 안내를 오래 들으면서도 그 말투에서 느껴지는 분위기가 무엇인지 짐작하기가 힘들었다. 그러다가 갑자기 이해됐다. 그들의 말투에는 모든 것을 민주화하고 평준화하려는 현상과 늘 공존하는 '부자에 대한 우상 숭배'가 깃들었었다. 관광할 때 어린이 한 명을 데리고 갔었다. 코네티컷에 사는 조카로, 샌시미언에 대해 그전까지 한 번도 들어본 적이 없는 아이였다. 아이도 꽃과 수영장들과 장식이 된 천장을 좋아하긴 했다. 그러나 그곳을 떠나면서 문득, 이렇게 직접 집 안을 구경하는 것보다 1번 국도에서 이 집을 슬쩍 보는 것이 아이에게 더 큰 인상을 남기지 않았을까, 하는 생각이 들었다. 멀리 언덕 위, 잠긴 문 뒤에 떠 있는 성으로서 말이다. 눈으로 직접 볼 수 있게 되면, 더는 상상력을 동원할 수 없어지는 경우가 많다.

④

1968   자기가 선택한 대학에서
              선택받지 못하는 것에 관해

'친애하는 조앤 양에게,' 나에 관해 전혀 알지 못하는 사람이 쓴 글이지만, 편지는 그렇게 시작한다. 1952년 4월 25일이라는 날짜가 적힌 그 편지는 오랫동안 어머니 집에 있는 책상 서랍에 들어있었다. 학년이 끝날 때 서로에게 보내는 축복 메시지가 담긴 카드, 말린 꽃, 신부 신발에 든 식스 펜스 동전을 들여다보는 8명의 신부 들러리와 2명의 화동의 사진이 담긴 신문 기사 등과 함께 뒷방 서랍에 보관된 물건 중의 하나로서 말이다. 말린 착생 난꽃과 신부 들러리 차림의 내 사진에 대해 내가 가졌을지도 모르는 애착은 이제 사라진 지 오래다. 그러나 '친애하는 조앤 양에게,' 부분을 제외한 나머지 부분은 등사판으로 인쇄된 내용임에도 불구하고 그 편지에 대해서 아직 그

감정이 남아있다. 나는 그 편지를 '자기가 선택한 대학교'라고 부르는 대학교에서 소식이 올 때까지 먹지도 자지도 못하는 17세 난 사촌에게 보여줄 좋은 본보기로 사용하기 위해 꺼내 들었다. 편지에는 이렇게 적혀있다.

스탠퍼드대학교에 대한 귀하의 지원에 입학 사정위원회가 긍정적으로 조처하지 못하게 되었음을 제게 통고해 왔고, 이에 그 사실을 귀하에게 알리는 바입니다. 입학에 필요한 자격은 모두 갖췄음에도 불구하고 심한 경쟁으로 인해 사정위원회가 입학 허가 인원에 귀하를 포함하지 못한 데 대해 매우 유감으로 생각합니다. 입학 사정위원회와 저는 귀하가 계속 성공적인 교육을 받을 수 있기를 빕니다.

진심을 담아서,
릭스포드 K. 스나이더
입학처장

그 편지가 든 봉투를 열었던 오후가 아직도 생생하다. 나는 한자리에 선 채 편지를 읽고 또 읽었다. 들고 있던 스웨터와 책들은 모두 현관 복도 바닥에 그대로 팽개쳐 둔 채, 편지에 나오는 단어들이 가진 최종적인 의미를 어떻게든 줄여보려고 애썼다. '포함하지 못한', '긍정적인 조처' 등의 표현에 초점이 맞춰졌다가 흐려졌다가를 거듭하다가, 결국 문장 전체의 뜻을 전혀 알 수 없게 되고 말았다. 당시 우리는 빅토리아 시대에 지어진 크고 어두운 집에서 살고 있었다. 내 머릿속에는 영원히 어느 학교에도 가지 못하고 그 집에서 늙어가는 슬픈 내 모습, **워싱턴 스퀘어**의 노처녀로 늙어갈 내 모습이 선명하게 떠올랐다. 2층 내 방으로 올라간 나는 방문을 걸어 잠그고 한두 시간 펑펑 울었다. 옷장 안에 들어가 오래된 누비 가운에 얼굴을 파묻은 채 한참을 앉아있었다. 그리고 정말로 모욕적인 상황(스탠퍼드대학교에 지원한 내 친구들은 모두 합격 통지를 받았다)에 서서히 익숙해져서 과장된 몸짓처럼 느껴지기 시작했을 즈음, 나는 욕조 가장자리에 앉아서 오래된 코데인 성분의 안정제 한 병을 몽땅 삼켜버리면 어떨지 궁리하곤 했다. 내가 산소탱크에 들어가 누워있는 병실 밖에서 릭스포드 K. 스나이더가 서성거리는 장면이 머릿속에 펼쳐졌다. 그러나 알약을 세면서도 그 소식이 어떻게 릭스포드 K. 스나이더에게까지 전해질지가 이 스토리 전개의 커다란 맹점이라는 사실이 나를 괴롭혔다.

　물론 나는 그 알약들을 삼키지 않았지만, 그해

봄 내내 뾰로통한 채로 지냈고, 드라이브인 극장에서 빈둥거리거나 털사의 복음 전도사들이 하는 강연을 차 라디오로 들으면서 나 나름의 가벼운 반항기를 지났다. 그리고 그해 여름 프로 골프 선수가 되고 싶어 하는 사람과 사랑에 빠져서, 그가 퍼팅 연습하는 것을 보는 데 많은 시간을 바쳤다. 그해 가을에는 2년제 대학에서 하루에 한두 시간씩 강의를 들으며, 버클리대학교에 가는 데 필요한 학점을 보충했다. 이 듬해에는 스탠퍼드에 다니던 친구에게서 콘래드의 『노스트로모』에 대한 논문을 써달라는 부탁을 받고 그렇게 해줬다. 그 친구는 그 논문으로 A 학점을 받았고, 나는 똑같은 논문으로 버클리에서 B 학점을 받았다. 그것으로 릭스포드 K. 스나이더의 망령은 영원히 사라졌다.

전형적인 중산층의 경험이라 할 수 있는 그 사건, 즉 아이와 입학 사정위원회 사이의 충돌을 나는 딱 한 번 경험했고, 결국 모든 것이 좋은 쪽으로 풀렸다. 그러나 그것은 1952년 캘리포니아라는 순하고 점잖은 시대의 이야기였다. 요즘 내가 아는 아이들이 경험하는 상황은 그보다 훨씬 더 어려울 것이라는 생각이 든다. 그 아이들은 두세 살부터 위태로운 프로그램들을 밟아야 하고, 각 과정을 성공적으로 넘지 못하면 내가 릭스포드 K. 스나이더에게 받은 것과 같은 편지를 피할 수 없는 운명에 처하게 된다. 최근 한 지인에게서 등록금이 비싼 어느 학교의 병설 유치원에 일곱 자리가 났는데 90명이 지원했다는 이야기를 들었다. 내 지인은 자신의 네 살배기 자녀를 그 유치원에 다니게 하고 싶어 하는데, 아이가 받은 추천서 중 어느 것도 아이가 '미술에 관심이 있다'라는 사실을 언급하지 않았다는 것 때문에, 걱정으로 정신이 나갈 지경이 되었다. 내가 그런 압력을 받고 컸다면, 그 1952년 4월 어느 날 오후에 코데인 약을 한 병 모두 집어삼켜 버렸을지도 모르겠다. 그러나 그때 내가 받은 불합격 통지는 요즘 아이들이 받는 불합격 통지와는 달랐고, 내가 느낀 모욕감은 내 개인 감정이었다. 스탠퍼드가 됐건 다른 어디가 됐건 대학교에 합격하고 말고에 부모님의 기대가 걸려있지는 않았다. 물론 부모님은 내가 행복하기를 원했고, 물론 그 행복이 뭔가를 성취하는 것과 필연적으로 관련 있다는 것은 예상했지만, 뭔가를 어떻게 성취하는지는 내가 알아서 할 나만의 문제였다. 부모님이 생각하는 본인들의 가치와 나 자신의 가치는 내가 어느 대학에 가는지, 심지어 대학에 가는지 아닌지와 전혀 상관없었다. 우리의 사회 상황은 상당히 정적이었기 때문에, 신분 상승을 꿈꾸는 사람들이 전통적으로 절실하게 필요로 하는 '맞는' 대학에 진학하는 문제는 처음부터 존재하지도 않았다. 내가 스탠퍼드에 합격하지 못했다는 소식을 들은 아버지는 어깨를 한번 으쓱해 보인 다음 내게 뭘 마시고 싶은지 물었었다.

부모들이 자녀의 '기회'에 대해 이야기할 때마다, 나는 어깨를 으쓱해 보였던 아버지의 행위를 다시 떠올리며 감사해하곤 한다. 부모들이 자녀의 기회를 자신의 기회와 뭉뚱그려 하나로 생각하면서 자녀에게 자신뿐 아니라 부모의 영광을 위해서 성취해 낼 것을 요구하는 느낌을 줄 때면, 나는 마음이 불안하고 불편해진다. 물론 요새 대학에 들어가는 것은 예전보다 훨씬 더 어려워졌다. 물론 '모두가 원하는' 대학의 정원보다 훨씬 많은 아이가 지원한다. 그러나 '모두가 원하는' 대학에 입학하는 것이 전적으로 아이를 위한 것인 척하는 것은 자신을 기만하는 일이다. ("베트남 전쟁만 아니면, 아이가 예일에 합격하든 말든 저도 신경 쓰지 않죠." 얼마 전, 어느 아버지가 자기 말이 얼마나 자가당착적인지 의식하지 못한 채 내게 그렇게 말했었다. 롱비치 주립대학교에 다녀도 징병 유예를 받을 수 있다고 일깨워 주고 싶은 나쁜 마음이 드는 걸 꾹 참았다.) 이제는 대학에 합격하기까지 과정 전체가 추악해져 버렸다. 시간과 에너지와 본인의 진정한 관심을 암처럼 집어삼키고 우회시켜 버릴 뿐 아니라, 아이 본인이 그 과정을 받아들이는 방식을 완전히 변화시킨 것 또한 간과할 수 없는 악영향 중의 하나다. 아이들은 아무 생각 없이, 참으로 매력 없이 자신의 '1지망, 2지망, 3지망'에 대해, 그리고 1지망으로 지원한 학교가 자기가 제일 가고 싶어 하는 대학은 아니라는 사실을 이야기하곤 한다. 제일 원하는 대학은 스미스지만 합격 확률이 매우 낮아서, 지망 기회를 '낭비'할 필요가 없다는 조언을 받고 다른 대학교(예를 들어, 스티븐대학교)에 지원하기로 했다고 아무렇지도 않게 말한다. 아이들은 불합격 확률, '대기자 명단'에 포함될 확률, 어떻게 적절한 운동이나 과외 활동을 첨가해서 지원서에 '균형을 맞출' 수 있을지, 그리고 1지망보다 3지망 대학에서 먼저 합격 통지가 왔을 때 확정 통고를 어떻게 해야 할지 등등을 모두 계산하고 있다. 선의의 거짓말 한두 개 섞고, 약간 과장된 자기 과시를 양념처럼 넣고, 부모가 건너 건너 아는 '유명인'에게서 받은 중요한 추천서를 첨부하는 것 등을 모두 현명하게 간파하고 있다. 교묘하게 자기를 홍보하는 방법에 관해 열여섯 살 난 아이들끼리 나누는 대화를 듣고 있자면, 거액의 문예 보조금 지원을 신청하는 사람들이 생각난다.

　사실 어린 나이에 거둔 성공이나 실패는 그 어느 것도 그다지 중요하지 않다. 내 생각에는 우리가 더 신경 써야 할 일은 따로 있는 것 같다. 그 나이대의 성공이나 실패가 그다지 중요하지 않다는 것을 아이들에게 알려주고, 우리의 기대와 그들의 기대를 분리하는 방법을 찾아내며, 실패의 경험과 뾰로통한 십 대의 반항기와 마주칠지도 모를 프로 골퍼들과의 관계 등을 누구의 훈수도 없이 혼자 헤쳐 나가도록 내버려 둘 방법을 찾는 것 말이다. 열일곱 살에 자신의 배역을 찾는 것만도 어려운 일인데 다른 사람의 대본을 쥐여주는 혼란까지 초래하지는 말자.

5

1968

어여쁜 낸시

캘리포니아 주지사 부인인 어여쁜 낸시 레이건은 새크라멘토 45번가 세 들어 사는 집의 다이닝룸에 서서 텔레비전 기자가 방송 계획을 이야기하는 것을 듣고 있었다. 그녀는 정신을 집중해서 경청하고 있었다. 낸시 레이건은 경청을 매우 잘하는 사람이다. 텔레비전 프로그램 촬영팀은 그녀가 집에서 화요일 아침 일상을 여느 때처럼 하는 것을 그대로 보고 싶어 한다고 기자가 설명했다. 나도 그 자리에서 그녀가 집에서 화요일 아침 일상을 여느 때처럼 하는 것을 그대로 지켜보고 있었다는 것을 고려하면, 우리가 하려는 시도는 새로운 미디어의 지평을 여는 일인 듯했다. 방송 기자와 두 명의 카메라 기사가 내가 낸시 레이건을 관찰하는 것을 관찰하기, 아니면 세 사람이 낸시 레이건을 관찰하는 것을 내가 관찰하기, 혹은 카메라 기사 중 한 명이 한 발짝 뒤로 물러나 나머지 사람들이 서로를 관찰하고 관찰당하는 것을 찍어 **시네마 베리테**(Cinéma Vérité)*를 찍을 수도 있을 것이다. 나는 그날 아침, 모종의 통찰을 얻게 될 것이라는 느낌을 강하게 받았다. 낸시 레이건의 진실을 1초당 24프레임으로 잡을 수 있는 절호의 기회. 그러나 기자는 이 순간의 가장 중요한 요소를 무시하는 쪽을 선택했다. 낸시 레이건이 정원에서 꽃을 따는 장면을 찍자고 제안한 것이다. "그게 바로 평소에 하시는 일일 거 같은데, 그렇지 않은가요?" 그가 물었다. "맞아요, 그렇습니다." 낸시 레이건이 힘차게 대답했다. 낸시 레이건은 거의 모든 말을 힘차고 씩씩하게 했다. 어쩌면 한두 해 배우로 일할 때 얻은 연기자로서의 경력 때문에, 아무리 하찮은 대사라도 새크라멘토 45번가에서 화요일 아침에 일상적으로 하는 말보다 훨씬 더 극적 효과를 내서 말하는 습관이 생겼는지도 모르겠다.

　"실제로," 그녀가 마치 깜짝 놀랄 만큼 재미있는

---

* 　1960년대에 일어난 프랑스의 영화 운동 중 하나를 의미하는 말로, 현재는 다큐멘터리 풍의 영화를 이르는 말로도 쓰인다.

고백이라도 하는 듯한 투로 말을 이었다. "실제로 꽃이 **정말** 필요해요."

그녀는 모여있는 한 사람 한 사람에게 미소를 지어 보였고, 나도 그녀에게 미소를 지어 보였다. 우리 모두 그날 아침 굉장히 미소를 많이 짓고 있었다. "그런 다음에는…" 기자는 생각에 잠긴 채 식탁을 둘러보며 말했다. "지금 아름다운 꽃꽂이가 되어있긴 하지만, 꽃을 직접 꽂으시는 장면을 보여주면 어떨까 싶은데요."

우리는 또다시 서로를 바라보며 미소 지었고, 낸시 레이건은 결의에 찬 몸짓으로 지름 15센티미터 정도의 장식용 밀짚 바구니를 들고 정원으로 걸어 나갔다. "어…, 레이건 여사님." 기자가 그녀를 불렀다. "어떤 꽃을 고르실지 여쭤봐도 될까요?"

"글쎄요, 잘 모르겠는데요." 그녀는 바구니를 든 채 정원으로 내려가는 계단에 잠시 멈춰 섰다. 누군가가 미리 안무한 듯한 장면이 연출되고 있었다.

"철쭉꽃은 어떤가요?"

낸시 레이건은 비평적인 눈으로 철쭉 덤불을 살핀 다음, 기자를 바라보며 미소 지어 보였다. "그거 아세요? 낸시 레이건이라는 장미가 있다는 거?"

"아니요. 몰랐습니다." 기자가 대답했다.

"정말 예뻐요. 색이 뭐랄까… 아, 산호색 비슷하죠."

"아…, 그러면 낸시 레이건 장미를 꺾어서 꽃꽂이 하실 생각이세요?"

은쟁반에 옥구슬 굴리는 듯한 웃음소리. "물론 꺾을 수는 있지요. 하지만 꽃꽂이에는 쓰지 않을 거예요." 잠시 침묵. "철쭉꽃을 쓸게요."

"좋습니다." 기자가 말했다. "좋아요. 자, 제가 질문을 하나 하겠습니다. 그 질문에 답하시면서 꽃망울 하나 따시면…."

"꽃망울을 따라고요…." 낸시 레이건은 기자의 말을 되풀이하면서 철쭉 덤불 앞에 자리 잡는다.

"연습 한번 해보죠." 카메라맨이 말했다. "따는 척만 해주세요."

기자가 촬영 기사를 쳐다봤다. "그러니까, 연습하자는 말씀은 꽃을 따는 척해보라는 거죠?"

"네, 따는 척만요." 촬영 기사가 말했다. "따는 척해보세요."

이 모든 이야기를 여기서 하는 것은 그때 이후로 낸시 레이건만 생각하면 그 장면이 떠오르기 때문이다. 어여쁜 낸시 레이건이 지름 15센티미터짜리 장식용 바구니에 담을 수 없을 정도로 커다란 철쭉꽃 가지를 꺾으려는 찰나의 모습 말이다. 낸시 레이건은 자기 앞에 앉은 사람에게 관심이 있다는 표정으로 미소를 짓고 있다. 좋은 아내, 좋은 엄마, 좋은 안주인의 미소. 유복하게 자라서 스미스칼리지*에 다녔고, 존경받는 신경 외과의사를 아버지로 두었으며 (1966~67년 명사 인명록에는 낸시 레이건의 남편보다 그녀의 아버지에 대한 설명이 아홉 줄이나 더 많이 나온다), 캘리포니아 주지사일 뿐만 아니라 '좋은 남자'의 대명사로 꼽히는 남편을 둔 여성의 미소. 1948년경 중산층 미국 여성들이 꿈에 그리는 삶을 실제로 사는 여성의 미소. 이 백일몽을 재현하기 위해 완벽하게 의상을 갖춰 입고, 세세한 사항까지 모두 확인을 거쳤다. 45번가의 세 든 집에 놓인 성냥갑에는 '주지사 관저'라고 적혀있지만, 그것을 '낸시와 로니'로 읽기는 어렵지 않다. 거실의 커피 테이블에는 두 사람이 연출하고자 하는 삶을 정확하게 보여주는 잡지들이 놓여있다. 《타운 앤 카운티》, 《보그》, 《타임》, 《라이프》, 《뉴스위크》, 《스포츠 일러스트레이티드》, 《포천》, 《아트뉴스》. 레이디, 퍼지라는 이름의 반려견이 두 마리 있고, 패티와 로나라는 이름의 자녀가 두 명 있다. 예술적 성향을 지닌 열다섯 살 난 패티는 애리조나에 있

---

* 　미국의 명문 사립 여대이다.

는 기숙학교에 다닌다. 평범한 소년이라고 묘사될 만한 로니는 올해 열 살이고, 새크라멘토의 사립학교에 다니는데, '스키퍼(Skipper)'*라고 불리기도 한다. 세트장의 모든 사람이 미소 짓고 있다. 사회활동 담당 비서, 경호원, 요리사, 정원사 모두. 그리고 정원에서는 낸시 레이건이 철쭉꽃을 따려고 하면서 미소 짓고 있다. "오, 아니, 아니에요. 전혀요." 그녀가 기자의 질문에 대답하고 있다. "친구들과의 관계는 전혀 달라진 게 없어요." 낸시는 바구니를 자세히 들여다본다. "달라졌다면… 그건 친구가 아니죠. 친구는… 언제나 그저 **친구**예요."

같은 날 조금 시간이 흐른 후였다. 낸시 레이건은 철쭉꽃을 꺾어 몇 번 꽃꽂이했고, 텔레비전 방송팀은 집을 떠났다. 낸시 레이건은 내게 게임 룸을 보여줬다. 주지사와 스키퍼, 그리고 주의원 몇몇이 장난감 전기 기차를 가지고 노는 방이라고 했다. 그녀는 또 내게 『피너츠』라는 만화의 원화를 보여줬다. '찰스 슐츠가 캘리포니아 주민이어서 행복한 날'을 선포한 주지사에게 찰스 슐츠가 선물했다는 그림이었다. 그녀

---

* 　작은 어선의 선장, 혹은 운동팀의 주장을 부를 때 자주 쓰이는 말이기도 하다.

는 또 주지사가 말을 타고 장애물을 넘는 사진도 보여줬다. ("말 이름은 낸시 D였는데, 새크라멘토로 이사하는 날 죽었어요"라고 말했다.) 그녀는 나에게 주지사는 영화를 찍을 때도 절대 화장하지 않았고, 영화계보다 정계가 훨씬 더 험한 것 같다고 말했다. 보호해 주는 소속사가 없기 때문이란다. 우리는 시내로 이동했고, 낸시 레이건은 자기가 바꾼 주의회 의사당 내부를 보여줬다. 그녀는 '칙칙하고, 끔찍하고, 다 낡은' 가죽 패딩 벽을 베이지색 삼베 벽지로 바꾸고 바닥에는 상쾌한 초록색 카펫을 깔았다. "남자들이 일하는 곳은 예뻐야 해요. 중요한 부분이죠." 그녀가 내게 조언했다. 그녀는 주지사 책상 위를 지키는 유리 약병에 절대 사탕이 떨어지지 않게 관리한다고도 말했다. 그리고 의사당 복도에서 걸스카우트를 만나자 그들에게 어떻게 인사하는지도 시범을 보여줬다.

그 모든 것을 모두 내게 보여준 다음, 우리는 다시 45번 가의 세 든 집 거실에 돌아와 앉아서 스키퍼가 학교에서 돌아오기를 기다리고 있다. 스키퍼가 집에 오는 순간은 낸시 레이건의 일과에서 가장 중요한 부분이라는 말을 이미 들은 바 있다.

스키퍼는 3시 20분에 도착할 예정이다. 사립학교에 다니는 그는 카풀을 이용해서 통학한다. 그날은 레이건가에 배정된 캘리포니아주 고속도로 순찰관인 로널드 아자비도가 운전했다. 조금 더 기다려 보지만, 차 도착하는 소리가 들리지 않는다. 낸시 레이건이 계단참까지 가서 잠시 귀를 기울인다. "집 뒤쪽 계단으로 슬쩍 들어온 것 같아요." 그녀가 말한다. "로니? 로니?"

로니는 모습을 드러내고 싶어 하지 않는 것 같다. "바이"라고 그가 어디에선가 그렇게 말한다.

"잠깐 이리로 들어와 보렴, 로니."

"나 여깄어요." 그가 문 쪽에 나타나서 말한다.

"척, 감기는 좀 어때?" 낸시 레이건이 묻는다.

"척은 감기에 걸린 적 없는데요."

"척이 감기에 걸린 적 없다고?"

"아니요. 브루스가 교정기를 꼈어요."

"브루스가 교정기를 꼈구나." 낸시 레이건이 되풀이해 말한다.

"바이." 스키퍼가 말한다.

"바이." 내가 말한다.

낸시 레이건이 내게 활짝 미소 지어 보이고 로널드 아자비도에게 나를 시내까지 차로 데려다주라고 이른다. "엄마가 집을 비우는 건 반대예요." 그녀가 내게 말한다. "난 절대 그렇게 안 해요."

아버지와 아들,
그리고 스크리밍 이글

"내가 히피라고 생각하지 않으셨으면 좋겠어요." 네바다주 라스베이거스의 라스베이거스 스트립에 있는 스타더스트 호텔의 크라운 룸에서 만난 남자가 말했다. "그냥, 그러니까, 그냥 수염을 기르고 있을 뿐이에요." 그는 스킵 스키빙튼이라고 쓰인 명찰을 차고 있었고, 사십 대 초반쯤으로 보였는데 1944년 제101 공수사단 요원으로 바스토뉴(Bastogne)*에 투입된 경력이 있다고 말했다. 부드러운 목소리에 어쩐지 변명하는 듯한 말투를 지닌 그 사람을 나는 전혀 히피라고 생각하지 않았다. 얼마 전 주말에 라스베이거스

---

* 벨기에 농남부의 도시이다. 제2차 세계 대전 때 1944년 12월 독일군 반격 중, 미군이 이 도시를 포위했었다.

에서 열린 제101 공수사단 협회의 23번째 연례 모임의 첫째 날 저녁이었다. 바깥에서는 늦여름의 하늘이 온종일 밤낮으로 타오르고 있었는데, 카펫이 깔린 실내는 24시간 낮은 온도가 유지되는 가운데 밤인지 낮인지 알 수 없었고, 심지어 시간의 흐름조차도 전혀 느껴지지 않았다. 스타더스트 호텔의 크라운룸에는 프랑스 노르망디의 바스토뉴에서 벌어진 벌지 전투의 생존자들 200여 명과 그들의 배우자, 그리고 자녀 몇몇이 모여있었다. 그들을 만나기 위해 로스앤젤레스에서 라스베이거스까지 간 나는 스타더스트 바에 들어서자마자 평상복 셔츠 차림에 챙 없는 배 모양의 약식 군모를 쓴 남자 몇몇이 앉아있는 것을 보고 제대로 찾아왔다는 것을 알았다. "잠깐만, 마시던 맥주 좀 끝내고." 그중 한 사람이 그렇게 말하는 것이 들렸다. 오후에는 스타더스트 수영장을 전세 내서 맥주 파티를 열었고, 이제는 저녁 식사가 차려진 뷔페식당(로스트비프, 햄, 콜슬로, 삶은 비트, 토마토, 미국 치즈, 빵 등)에서 줄을 서서 접시를 채우고 테이블을 찾아 앉았는데, 그들은 그 와중에 디데이에 제101 공수사단의 식별 암호로 쓰였던 딱딱 소리를 금속 귀뚜라미 장난감으로 계속해서 냈다. "매콜리프 장군님, 장군님." 세파에 시달린 인상을 주는 남자

한 명이 두세 살 정도 되어 보이는 어린아이의 손을 잡고 테이블 사이를 비집고 걸어오면서 외쳤다. "우리 아이 좀 보세요. 제 아들을 보여드리고 싶었어요."

　대부분은 친구들을 찾아 함께 테이블에 앉은 후에도 스킵 스키빙튼은 여전히 나와 함께 서 있었다. 그는 자기 아들에 관해 내게 이야기하고 있었다. 베트남전에 참전한 아들이 어머니날에 실종되었다고 했다. 무슨 말을 해야 할지 알 수 없었지만, 스킵 스키빙튼이 제101 공수사단 협회에서 활발히 활동하는 사람이라는 사실을 떠올리고 아들도 제101 공수사단 소속인지 물었다. 아들을 잃은 아버지는 나를 한번 쳐다보다가 눈길을 딴 곳으로 돌렸다. "제101 공수사단에 지원하겠다는 것을 제가 말렸어요." 그가 마침내 대답했다. 그러고는 코트 포켓에서 투명한 비닐로 코팅한 신문 스크랩을 꺼내 들었다. 아들의 이야기를 다룬 기사였다. 어느 고등학교에 다니는 그가 실종되었다는 사실과 함께, 마지막으로 목격된 작전에 대한 설명도 담겨있었다. 실종된 젊은이의 스냅 사진도 보였다. 얼굴이 자세히 보이지는 않지만, 바위 위에 앉아 미소 짓고 있는 금발의 18세 소년 모습이었다. 내가 돌려준 신문 스크랩을 받아 든 스킵 스키빙튼은 그것을 주머니에 넣기 전에 한참 물끄러미 바라보다가, 있지도 않은 주름을 펴는 듯하면서 그 기사의 어딘가에 대답이 들어 있기라도 한 듯 다시 한번 자세히 살폈다.

사진 속 흐릿한 소년의 얼굴과 선명한 아버지의 얼굴은 그날 저녁, 아니 그 주말 내내 내 마음속을 떠나지 않았다. 어쩌면 라스베이거스에서 지낸 그 며칠의 시간이 입에 올리지 않는 질문들과 식별하기 어려운 모호함으로 가득했다는 느낌을 받은 것도 그 둘의 얼굴 때문이었는지도 모르겠다. 그 연례 모임은 대체로 행복한 행사였다. 아내들은 예쁜 드레스 차림이었고, 모두가 라스베이거스를 좋아했고, 이런 행사를 하기에 최고라고 입을 모아 칭찬했다("연례 총회는 하나도 빠짐없이 모두 갔지만, 여기 베이거스만큼 참석률이 높은 적이 없어요. 베이거스야말로 이런 모임을 하는 데 최적격이에요."). 스타더스트 리도쇼도 전체적으로 훌륭하다는 데 다들 동의했다. 물론 토프리스 복장은 좀 충격적이었지만, 여성 출연자들 모두 무척이나 아름다웠다. 특히 아이스 스케이트 공연은 그야말로 예술적이라는 데 이견을 내는 사람은 하나도 없었다. 회의도 계속됐다. C. J.(엄마) 밀러 여사와 같은 사람들에게 골드 스타 마더 상을 수여하고, 새 회장도 뽑아야 했다. "감사합니다! 버니, 그리고 동료 스크리밍 이글 여러분," 새로 선출된 회장이 말했다. "제101 공수사단 장병, 배우자, 친구들, 그리고 골드 스타 마더 여러분…."

　　부인들끼리 하는 오찬 모임도 있었고, 무료 음료나 알코올이 제공되는 방도 마련되었다. "오후에는 그냥 호텔 여기저기 돌아다닐 거예요. 무료 알코올이 있는 방에는 오후 2시 전에는 얼씬도 하지 않을 생각이에요." 나랑 이야기를 나눈 사람 중 한 명이 그렇게 말했다. 군대에 관한 영화도 상영됐다. 나는 시원한 어둠이 깔린 상영관에서 몇몇 배우자와 함께 앉아 무기 지휘권의 미래와 조달국의 기능에 대해 배웠다. 부인들은 신발을 벗고 앉아서 종잇조각을 들여다봤다. "공항에서 잔돈푼에 신경 쓰지 않을 수 있잖아요." 그중 한 명이 말했다. "어제는 27달러 떨어지고 오늘 12달러 올랐으니 그다지 나쁘지 않아요. 본전치기는 한 셈이니까." 베트남에서 싸우고 있는 제101 공수사단에 보내야 할 전보도 있고('스크리밍 이글의 전통을 지키자'), 전체 성원에게 낭독할 전보도 있었다. 허버트 험프리에게서 온 그 전보에는 "미국은 길을 잃은 나라가 아니라 더 나은 길을 찾고 있는 나라입니다"라고 씌어있었다. 심지어 십 대 전용실도 있었는데, 문을 열어보니 아이들 몇 명이 접이식 의자에

앉아 뾰로퉁한 표정으로 윌리처 오르간*을 쳐다보고
있었다.

그리고 당연히 이런 모임에서는 빠질 수 없는 연
설들이 이어졌다. 맥스웰 테일러(Maxwell Taylor)**
가 와서 벌지 전투와 뗏 대공세***가 얼마나 유사한
지 설명했다. "언론 보도만 듣는 후방에서는 우리가
벌지 전투에서 지고 있다는 인상을 받았었습니다. 바
로 지금 우리가 받는 인상이…" 베트남에 참전 중인
대령을 비행기에 태워 데리고 와서 베트남 작전은 하
늘을 찌를 듯한 사기, 단단한 결의로 다져졌다는 사
실을 청중들에게 확신시켰다. "베트남에서 싸우고
있는 장병들은 20년, 25년 전 여러분의 모습과 하나
도 다르지 않습니다." 앤서니 매컬리프 장군도 왔다.
바스토뉴 전투에서 항복하라는 독일군에게 "미쳤군"
이라고 말한 일화로 유명한 사람이었다. 그는 제2차
세계 대전 유럽 전선의 미국 참전 25주년을 기념하기
위해 다음 해 네덜란드에서 열릴 제101 공수사단 기
념행사에 참석할 것을 선언했다. "네덜란드 동지들을

---

*   1930년대 영화관에서 자주 쓰이던 오르간이다.

**   제2차 세계 대전 때의 미군 지휘관 중 한 명이있는데, 케네디 정부에서
    베트남 정책을 펼치는 데 큰 영향을 끼친 인물이다.

***   베트남에서 벌어진 전투 중 하나이다.

방문합시다. 그리고 거기서 우리가 했던 위대한 모험의 기억을 되살립시다."

맞다. 바로 그것이었다. 그들은 위대한 모험, 인생에서 해야 할 모험을 했었다. 방에 모인 거의 모든 사람은 그 모험을 할 당시 열아홉, 스무 살 남짓이었다. 그 모험에서 살아남아 집에 왔고, 아내가 아들을 낳았고, 그 아들들이 이제 열아홉, 스무 살이 되었다. 그런데 어쩌면 이제 그 아들들이 할 모험은 그다지 위대한 모험이 아닐지도 몰랐다. 베트남의 마을 한두 개를 방어하는 부대원들의 마음에 유럽을 나치에게서 해방할 때와 비슷한 수준의 절박함을 불러일으키기가 어려워서일 수도 있다. 그날 밤, 나는 월터 데이비스라는 남성과 검은색의 고급 원피스를 입고 부드러운 표정을 한 그의 아내와 함께 앉아 연설을 들었다. 월터 데이비스는 1944년 네덜란드에 파병됐었는데, 이제는 캘리포니아 론데일에서 메트로폴리탄 생명보험 회사에 다니고, 슬하에 열여덟 살 난 딸, 열네 살 난 아들, 그리고 세 살배기 딸을 두고 있다. 같은 테이블에 네덜란드 여성이 앉아있었는데, 데이비스 부인은 아들에게 보여줄 메시지를 네덜란드어로 써달라고 그에게 부탁했다. "에디는 아빠가 자기 나이 때 했던 일이라면 뭐든 관심을 보이는 나이예요.

전쟁이랑 네덜란드라고 하면 뭐든요." 데이비스 부인이 말했다. 우리는 한동안 이야기를 나눴다. 그러다가 내 머릿속에서 떠나지 않는 그 얼굴들 때문이었는지 모르지만, 나는 불쑥 베트남에서 실종된 아들을 둔 사람을 만났었다고 말했다. 월터 데이비스는 잠시 아무 말도 없었다. "그때만 해도 난 죽을 수도 있다는 사실을 한 번도 생각해 보지 않았었어요." 얼마간 시간이 흐른 후 그가 갑자기 말했다. "이제는 좀 다른 각도에서 보게 됐죠. 그때만 해도 부모로서는 볼 줄 몰랐어요. 열여덟, 열아홉 살이었으니까. 전쟁터로 가고 싶었고, 안 가는 건 참을 수가 없었어요. 파리, 베를린처럼 들어만 보고 직접 볼 수 있을 것이라고는 꿈도 꾸지 않았던 곳을 보고 싶었죠. 이제는 아들이 있어요. 흠, 아마 4년 후에 그 아이도 전쟁터로 떠나야 할지도 모르겠어요." 월터 데이비스는 빵을 반으로 갈라 조심스럽게 버터를 바른 다음 한 입도 먹지 않고 다시 접시에 놓았다. "이제는 좀 다른 각도에서 보게 됐어요." 그가 말했다.

⑦

내가 글을 쓰는 이유

7

물론 이 강연의 제목은 조지 오웰의 글에서 훔쳐
왔습니다. 훔쳐 온 이유 중 하나는 단어 하나하나
가 듣기가 좋아서예요. '내가 글을 쓰는 이유(Why I
Write).' 전혀 애매하지 않은 이 짧은 단어 세 개는 발
음 기호 하나를 공유합니다.

화이(Why)에 포함된 'I'.

아이(I)에 포함된 'I'.

라이트(Write)에 포함된 'I'.

많은 면에서 글을 쓴다는 것은 '아이(I), 즉 나'를
다른 사람에게 강요하는 행위, 다시 말해서 '내 말 좀
들어봐요, 내가 볼 때는 이러저러하니 당신 생각을
바꾸세요.' 하고 말하는 행위이지요. 공격적인, 심지
어 적대적이라고까지 말할 수 있는 행위입니다. 종속

절, 형용사, 자신 없어 보이는 가정법 등의 베일 뒤에 숨고 생략과 말 돌리기 기법을 사용했다가, 주장보다는 넌지시 시사해 보기도 하고 선언보다는 암시하는 방법 등으로 위장할 수는 있지만, 종이에 단어를 쓰는 것은 독자의 가장 사적인 공간에 저자의 감각을 부여하도록 비밀스럽게 협박하고, 침입하고 강요하는 것이라는 사실을 피해 갈 수는 없습니다.

이 제목을 훔친 이유는 듣기가 좋아서뿐만 아니라 제가 여러분께 드리고 싶은 말을 매우 간단명료하게 요약해 주고 있기 때문이기도 합니다. 수많은 작가와 마찬가지로 제게도 단 한 가지 '분야'에 대한 단 한 가지 '주제' 외에는 달리 다룰 수 있는 것이 없습니다. 그것은 바로 쓴다는 행위 자체입니다. 저는 여러분에게 이것 말고 다른 분야의 소식을 전할 수가 없습니다. 저도 다른 관심사가 있을 수는 있지요. 예를 들어, 해양 생물학에 관심이 있을 수도 있지만, 그 주제에 관한 제 이야기를 들어달라고 했어도 여러분이 이렇게 걸음하실 것으로 믿을 정도로 자만심에 빠져있지는 않습니다. 저는 학자가 아닙니다. 지식인과도 거리가 멀지요. 그렇다고 제가 '지식인'이라는 말만 들어도 총을 꺼내드는 사람은 아닙니다. 단지 저는 추상적인 사고를 하지 않는다는 말을 하고 싶은 것입니다. 버클리에서 학부를 다니던 시절에는 저도 노력해 봤습니다. 사춘기 말기에 들어간 청소년이 발휘할 수 있는 가망 없는 에너지를 모두 쏟아부어 사상의 세계로 들어갈 수 있는 임시 비자라도 얻어볼까, 제 머리를 추상적인 개념을 다룰 수 있는 도구로 벼려볼까 애써보긴 했었습니다.

간단히 말하자면, 사고라는 것을 해보려고 노력했다는 말씀이지요. 그리고 실패했습니다. 그런 시도를 할 때마다 어김없이 제 주의는 손에 잡히는 문제, 구체적인 문제로 새어 나가고 말았지요. 당시 알고 지내던 사람들, 아니 그때부터 지금까지 알고 지내는 모든 사람이 대체로 지엽적, 주변적인 문제라고 여기는 쪽으로 말입니다. 헤겔 변증법에 대해 생각해 보려고 하다가, 결국은 창문 밖에 있는 배꽃과 창문 안쪽으로 날아든 꽃잎이 마루에 떨어지며 그리는 패턴에 정신을 완전히 빼앗기고 마는 식이었지요. 아니면 언어학 이론에 관한 책을 읽다가 언덕 위 연구소에 있는 베바트론*에 불을 켜놓았을지 궁금해하곤 했지요. 베바트론에 불이 켜졌는지 궁금해하고 있다는 말을 들으면, 곧바로 베바트론이라는 단어를 정

_____

* 양성자 가속 장치의 하나로, 1950년대 미국 버클리대학교에 설치된 베바트론은 지름이 약 40m에 달했다.

치적 상징으로 사용한다고 의심할지도 모르겠습니다. 사유와 사상을 주로 다루는 사람이라면 그 단어를 이용해 군산복합체의 문제점과 베바트론이 대학 공동체에서 하는 역할 등에 대해 말한다고 넘겨짚을 수도 있겠다는 말입니다. 그러나 그것은 잘못된 추측이지요. 저는 그저 베바트론에 불이 켜졌을지, 불이 켜졌다면 어떤 모습일지 궁금했을 뿐이에요. 물리적 사실이 궁금했던 것이지요.

저는 다니던 버클리대학교를 졸업하는 데 문제를 겪었습니다. 생각을 다루는 능력이 부족해서가 아니었어요. 영문학을 전공하면서 『여인의 초상』에 나오는 집과 정원의 형상화를 집어내는 것은 저도 누구 못지않게 잘할 수 있었습니다. '형상화'라는 것은 벌써 정의부터 제 주의를 끄는 구체적이고 명확한 성격을 가지고 있었기 때문입니다. 제 졸업이 어려워진 것은 단순히 밀턴에 관한 강좌 수강을 빠트렸기 때문이었습니다. 지금 들으면 괴상하게 들릴 만한 여러 이유로, 저는 그해 여름에 꼭 졸업장을 받아야만 하는 상황이었습니다. 그리고 결국 영문과에서는 제가 매주 금요일마다 새크라멘토에서 버클리까지 내려가서 『실낙원』의 우주론에 관한 토론에 참여하면, 밀턴에 대해 잘 안다는 인증을 해주겠다고 승낙했습니다.

저는 시키는 대로 했지요. 어느 주에는 그레이하운드 시외버스를 타고, 어느 주에는 서던 퍼시픽사의 대륙횡단 여정의 마지막 구간인 '시티 오브 샌프란시스코' 기차를 타고 매주 금요일 출석했습니다. 적어도 한 세기 이상을 지배했던 주요한 질문이자, 제가 그해 여름에 썼던 1만 단어짜리 논문의 주제였던 밀턴이 『실낙원』에서 우주의 중심에 태양을 뒀는지 지구를 뒀는지에 관해서는 더는 기억하지도 못합니다만, '시티 오브 샌프란시스코' 기차의 식당칸에 놓여있던 버터의 산패 정도나 그레이하운드 버스를 타고 카르퀴네즈 해협 주변의 정유 공장들을 지나갈 때 버스의 착색 유리창 때문에 그 광경이 얼마나 더 어둡고 불길하게 보였었는지는 아직도 생생합니다. 간단히 말하면, 저는 항상 주변의 일에 먼저 눈길을 줬으며, 보고, 맛보고, 만질 수 있는 것, 버터, 그레이하운드 버스 같은 것에 주의를 빼앗기곤 했습니다. 그 시절 저는 아주 신빙성 없는 여권, 위조 문서를 가지고 여행하고 있었지요. 저는 제가 사고의 세상에서 합법적으로 살 자격이 없는 사람이라는 사실을 잘 알고 있었습니다. 사고라는 것을 하지 못하는 사람이라는 걸 알고 있었지요. 당시 제가 아는 것이라고는 제가 하지 못하는 것이 무엇인지 뿐이었습니다. 당시 제가 아는 것이라고는 제가 무엇이 아닌지뿐이었고, 제가 무엇인지를 알게 되기까지는 그 후로도 상당히 오랜 시간이 지나야 했습니다.

그리고 그렇게 해서 알게 된 것은 제가 글을 쓰는 사람이라는 사실이었습니다.

'좋은' 글을 쓰는 사람, 혹은 '나쁜' 글을 쓰는 사람의 의미가 아니라 단순히 글을 쓰는 사람, 종이 위에 단어를 배열할 때 가장 집중하고 정열을 쏟는 사람이라는 의미입니다. 제가 어떤 자격을 갖춘 사람이었다면, 글 쓰는 사람이 되지 않았을 거예요. 조금이라도 사고할 능력을 갖추는 축복을 받은 사람이었다면, 글 쓰는 사람이 되지 않았을 겁니다. 제가 글 쓰는 이유는 전적으로 내가 무슨 생각을 하는지, 내 눈앞에 있는 것이 무엇인지, 내가 무엇을 보는지, 그 의미가 무엇인지를 알아내기 위해서입니다. 내가 무엇을 원하고, 무엇을 두려워하는지 알아내기 위해서이지요. 1956년 여름, 카르퀴네즈 해협 주변의 정유 공장들이 왜 불길해 보였던가? 밤에 베바트론에 켜진 불이 왜 20년 동안 내 뇌리에서 사라지지 않았는가? 다시 말해, **내 머릿속에 남은 이 그림 속에서 도대체 무슨 일이 벌어지고 있는가?** 그것을 알아내기 위함입니다.

제가 머릿속에 있는 그림에 대해 말한다는 것은 가

장자리에서 광채가 나는 이미지들에 관해 말한다는 것입니다. 한때, 기초 심리학책에 빠짐없이 실렸던 고양이 그림이 있습니다. 한 환자가 조현병의 각 단계를 거치면서 그린 고양이 그림입니다. 그 고양이의 가장자리 분자 구조가 부서져 내려 고양이가 배경이 되고, 배경이 고양이가 되는 것이 보이는 듯한 그림이었습니다. 모든 것이 상호작용하고, 이온을 주고받았지요. 환각 상태에 빠졌을 때 물건들이 그와 비슷하게 보인다고들 하더군요. 저는 조현병을 앓지도 환각제를 복용해 본 적도 없지만, 어떤 이미지들은 광채를 발하기도 합니다. 자세히 바라보면 그 빛을 놓칠 수가 없어요. 바로 거기에 있으니까요. 이렇게 광채가 나는 그림들에 대해서는 너무 많이 생각할 수가 없습니다. 그저 마음을 가라앉히고 그 이미지들이 뚜렷해지기를 기다려야 합니다. 조용한 가운데 너무 많은 사람과 이야기하지 않고, 신경계가 합선되지 않도록 애쓰면서 광채 속에서 고양이를 찾으며, 그 그림의 문법을 찾아야 합니다.

제가 '광채'라는 말을 글자 그대로의 의미로 사용했듯이 '문법'이라는 단어도 글자 그대로의 의미로 사용했습니다. 제게 문법은 악보 없이 귀로만 듣고 연주하는 피아노입니다. 왜냐하면, 문법 규칙들을 배워야 했던 학년에 학교를 다니지 않은 것 같기 때문이지요.

문법에 대해 제가 아는 것은 그것이 가진 무한한 힘 뿐입니다. 문장의 구조를 바꾸는 것은 그 문장의 의미를 바꾸는 것입니다. 마치 카메라의 위치를 바꾸면 피사체의 의미가 바뀌는 것처럼 문법도 문장의 의미를 확실하고도 완강하게 변화시킵니다. 이제 카메라 각도에 대해서 아는 사람은 많아졌지만, 문장에 대해 아는 사람은 그다지 많지 않습니다. 단어들을 배치하는 것은 중요한 일인데, 자신이 원하는 배열은 머릿속에 있는 그 그림 속에서 찾을 수 있습니다. 그 그림이 단어의 배열 방식을 정하는 것이지요. 그 그림은 이 문장이 절을 포함한 문장일지 아닐지, 강하게 끝나는 문장일지, 아니면 점점 톤이 낮아지다가 끝나는 문장일지, 길지 짧을지, 능동형일지 수동형일지를 결정합니다. 그 그림은 단어들을 어떻게 배열할지 알려주고, 그렇게 배열된 단어들은 머릿속에 든 그림에서 무슨 일이 벌어지고 있는지를 우리에게 알려주지요. **노타 베네(Nota Bene)**.[*]

글이 우리에게 알려줍니다.

우리가 글에게 알려주는 것이 아닙니다.

머릿속에 있는 그림이라는 게 무슨 의미인지 설명

---

[*] '주의할 것'이라는 의미의 라틴어 문구이다. 흔히 NB로 줄여 쓴다.

해 보겠습니다. 저는 소설을 쓸 때 늘 그렇듯, 『있는 그대로 대처하라(Play It As It Lays)』라는 작품을 쓸 때도 '인물'이나 '구성'은 물론이고 심지어 '사건'에 대해서도 아무 생각 없이 쓰기 시작했습니다. 제 머릿속에는 조금 후에 더 자세히 이야기할 딱 두 개의 그림과 기술적으로 어떻게 풀어나갈지에 대한 계획만 있었습니다. 기술적인 계획이란 생략이 많고 진도가 빨라서 독자가 눈치채기도 전에 이야기가 끝나버리는 소설, 페이지 위에 거의 존재할 틈도 없을 정도로 빠른 전개의 소설을 쓰겠다는 것이었지요. 그림 이야기를 해볼까요? 첫 번째 그림은 하얀 공간이었어요. 아무것도 없는 공간. 그것은 책의 서술 의도를 확실하게 규정지어 준 그림이었습니다. 무슨 일이 벌어져도 그 일은 페이지 바깥에서 벌어질 것이고, 독자가 자신의 나쁜 꿈을 직접 가지고 와야 하는 '하얀' 책이 될 것을 알려주는 그림이었지요. 그렇지만 그 그림은 제게 어떤 '이야기'도 해주지 않았고, 어떤 상황도 제시하지 않았습니다. 그 일은 두 번째 그림의 몫이었지요. 두 번째 그림은 실제로 목격한 장면을 담고 있습니다. 긴 머리에 짧은 하얀색 홀터넥 원피스를 입은 젊은 여성이 라스베이거스의 리비에라 호텔 카지노 안을 새벽 한 시에 가로질러서 걸어가고 있습니다. 그녀는 혼자서 홀을 가로질러 가서 카지노에 설치된 구내 유선전화의 수화기를 집어 듭니다. 내가 그녀를 지켜보게 된 이유는 그녀의 이름이 호출되는 것을 들었는데, 그것이 아는 이름이었기 때문이었어요. 그녀는 로스앤젤레스에서 몇 번 본 적이 있는 무명 배우였습니다. 주로 잭스 같은 곳에서 봤는데, 한번은 베벌리힐스 클리닉의 산부인과 병원에서 본 적도 있습니다만, 직접 만나서 인사를 나눈 적은 한 번도 없고, 그녀에 대해 아는 것도 없습니다. 누가 그녀를 호출했을까? 왜 거기서 호출받았을까? 여기까지 그녀는 어떻게 오게 됐을까? 라스베이거스의 바로 그 순간의 그림은 『있는 그대로 대처하라』의 이야기를 제게 하기 시작했습니다. 하지만 소설 속에서 그 그림은 이렇게 시작하는 챕터에 간접적으로 등장하는 데 그칩니다.

마리아는 자기가 절대 하지 않을 일들의 리스트를 만들었다. 그녀는 자정이 지난 후에는 라스베이거스의 샌즈 호텔이나 시저 호텔을 절대 혼자 가로질러 걷지 않겠다고 결심했다. 그녀는 절대 파티에서 즐거운 시간을 보내지 않을 것이고, 자기가 원하지 않는 S-M 섹스는 하지 않을 것이며, 에이브 립시에게서 절대 모피를 빌려 입지 않겠다고 결심했다. 그리고 절대 요크

셔테리어 종 반려견을 안고 베벌리 힐스의 거리를 걷지 않겠다는 것도 리스트에 올렸다.

그 챕터는 이러한 문단으로 시작되고 같은 문단으로 끝납니다. 바로 이 점에서 제가 언급한 '하얀 공간'이 어떤 의미인지 짐작이 가실지도 모르겠습니다.

최근에 끝낸 소설 『기도의 책(A Book of Common Prayer)』을 쓰기 시작할 때는 몇 개의 그림이 머릿속에 있었던 기억이 나네요. 그러고 보니 그 그림 중 하나는 앞에서 언급했던 베바트론의 풍경이었습니다. 제게 핵에너지가 등장하는 이야기를 하라고 하면 좀 진땀을 빼겠지만 말입니다. 또 다른 그림은 피랍된 707 여객기가 중동의 한 사막에서 불타고 있는 신문 사진이었습니다. 또 하나는 파라티푸스를 앓으면서 일주일을 머물렀던 콜롬비아 해안지방의 어느 호텔 방 창밖으로 보이는 야경이었습니다. 남편과 저는 거기서 열린 한 영화제에 미국 대표로 참석했었던 것 같아요(잭 발렌티*의 이름을 계속 불러댄 기억이 납니다. 마

---

* 잭 발렌티(Jack Valenti)는 미 영화협회 회장과 린든 B. 존슨 대통령
   보좌관직을 역임한 인물이다. 영화협회 회장직에 38년간 있는 동안 미
   영화협회의 영화 등급 기준을 마련했다. 영향력 있는 저작권 옹호 로비
   스트로도 알려졌다.

치 그 이름을 외워 대면, 몸이 나아지기라도 할 것처럼 말이지요). 그곳은 열이 나는 아픈 몸으로 머물기에 적당한 곳이 아니었습니다. 제가 아프다는 사실이 주최 측을 기분 나쁘게 했을 뿐 아니라 매일 밤 호텔 발전기가 고장 났기 때문입니다. 불이 꺼졌고, 엘리베이터가 멈춰 섰습니다. 저녁마다 열리는 행사에 남편 혼자 가서 제가 참석하지 못하는 이유를 해명해야 했고, 저는 혼자 호텔 방에 누워있었죠. 깜깜한 어둠속에서요. 창문 옆에 서서 보고타에 전화하려고 애쓰는 동안(전화도 발전기와 비슷한 방식으로 작동하는 듯했습니다), 밤바람이 불어 올라오는 것을 느끼며 39.5나 되는 고열이 나는 몸으로 적도에서 위도로 11도밖에 떨어지지 않은 곳에서 내가 뭘 하고 있는지 의아해하던 기억이 납니다. 그 창문에서 본 광경이랑 불에 타는 707 여객기가 『기도의 책』에 등장하는 것은 분명합니다. 하지만 그런 그림들은 제가 필요로 하는 이야기를 제게 주진 않아요.

제게 이야기해 준 그림, 다른 그림들을 융합하는 역할을 한, 광채가 나는 그림은 새벽 6시 파나마 공항에서 마주친 장면이었습니다. 그 공항에 저는 딱 한 번밖에 가본 적이 없습니다. 보고타에 가는 길에 급유를 위해 한 시간 동안 머물렀었죠. 하지만 그날 아침 파나마 공항의 모습은 『기도의 책』의 집필을 끝내는 날까지 제가 본 모든 광경에 겹쳐 보였습니다. 그 공항에서 몇 년을 산 셈이지요. 지금도 비행기에서 내리는 순간 저를 덮쳤던 뜨거운 공기를 느낄 수 있고, 새벽 6시인데도 활주로 아스팔트 위로 아지랑이처럼 올라오는 열기가 눈앞에 보이는 듯합니다. 다리를 휘감는 축축하고 구겨진 치마, 신고 있는 샌들에 밟히는 아스팔트가 끈적끈적 달라붙는 감촉을 생생하게 느낄 수 있습니다. 활주로 끝 공중에 조용히 떠 있던 팬암 항공기의 커다란 꼬리 날개를 기억합니다. 대기실의 슬롯머신에서 나던 소리도 기억합니다. 공항에서 본 어떤 여자에 대해서 자세히 말씀드릴 수도 있어요. 노테아메리카나 (Norteamericana)*였죠. 마른 체형의 그 노테아메리카나는 40세 정도 됐고, 결혼반지 대신 커다랗고 네모난 에메랄드 반지를 낀 모습입니다. 하지만 실은 그런 여성은 거기 없었어요.

제가 나중에 공항 모습에 그 여성을 끼워 넣은 것이지요. 나중에 그 공항이 위치한 나라를 만들어 내

---

* 미국에 거주하는 사람들과 스페인어를 사용하는 다른 아메리카 대륙 국가들의 사람들을 구분하는 호칭이다.

고, 그 나라를 통치할 가족을 만들어 낸 것처럼, 그 여성도 머릿속에서 만들어 냈습니다. 공항의 그 여성은 비행기를 타지도, 누구를 만나지도 않습니다. 그녀는 공항 커피숍에서 차를 주문하고 있습니다. 사실 그녀는 단순히 차를 '주문'하는 데서 그치지 않고 자기 앞에서 물을 20분간 끓이라고 '명령'하고 있지요. 그 여성이 왜 그 공항에 있을까요? 왜 그녀는 아무 데도 가지 않는 것일까요? 그때까지 그녀는 어디에 있다 왔을까요? 그 커다란 에메랄드는 어디서 난 것일까요? 물이 끓는 것을 봐야 한다는 자기의 고집이 통할 것으로 믿는 그녀는 정신착란을 겪는 것일까요, 아니면 현실 감각이 없는 것일까요?

그녀는 벌써 4개월째 이 공항에서 저 공항으로 돌아다니는 중이었다. 여권에 찍힌 비자만 봐도 알 수 있다. 샬럿 더글러스의 여권에 비자를 찍어준 공항은 모두 똑같은 모습을 하고 있을 것이다. 관제탑에 어떨 때는 'BIENVENIDOS',* 어떨 때는 'BIENVENUE'** 라고 씌어있으며, 어떤 곳은 습하면서 덥고, 어떤 곳

---

* 　스페인어로 '환영합니다'라는 뜻이다.
** 　프랑스어로 '환영합니다'라는 뜻이다.

은 건조하면서 더웠을 것이다. 하지만 그런 공항에는 모두 파스텔톤 페인트가 칠해진 콘크리트 벽에 녹물이 흘러내린 자국이 있고, 활주로 너머 늪지대에는 분해된 페어차일드 F−227 기체들이 널린 낯익은 풍경들이 펼쳐져 있을 것이다. 물론 항상 물은 끓여서 마셔야 하고.

빅터는 모르지만, 나는 왜 샬럿이 공항에 갔는지 안다. 나는 공항들에 관해 좀 안다.

이 문장들은 『기도의 책』 중반부에 등장하지만, 책을 쓰기 시작한 두 번째 주에 이미 써둔 문장들입니다. 샬럿 더글러스가 어디를 다녔고, 왜 공항에 가는지에 대한 이야기를 구성하기 훨씬 전에 써놓았지요. 이 문장들을 쓰기 전까지는 빅터라는 인물도 머릿속에 존재하지 않았습니다. 하지만 그 문장을 쓰면서 빅터라는 이름이 떠올랐지요. '나는 왜 샬럿이 공항에 갔는지 안다'라는 문장은 뭔가 불완전한 느낌이 듭니다. '빅터는 모르지만, 나는 왜 샬럿이 공항에 갔는지 안다'라고 쓰니 서사에 추진력이 좀 더 생기는 느낌입니다. 제일 중요한 사실은 그 문장들을 쓸 때까지도 저는 '나'라는 인물이 누구인지, 이야기하는 사람이 누구인지 몰랐다는 점입니다. 그 문장

125

을 쓰기 직전까지 저는 '나'라는 것이 19세기식 전지적 시점 작가의 목소리에 불과하다고 생각하고 있었습니다. 하지만 그게 아니었지요.

"빅터는 모르지만, 나는 왜 샬럿이 공항에 갔는지 안다."

"나는 공항들에 관해 좀 안다."

이 문장에 등장하는 '나'는 내가 아는 저자의 목소리가 아닙니다. 이 '나'는 샬럿이 왜 공항에 갔는지를 아는 사람일 뿐만 아니라, 빅터라는 이름을 가진 사람도 아는 사람이지요. "빅터가 누구일까? 이 '나'라는 화자는 누구일까? 왜 이 화자는 이 이야기를 내게 하는 걸까?" 하는 의문이 들게 하는 목소리이지요. 글 쓰는 사람이 왜 글을 쓰는지에 대해 한 가지는 말씀드릴 수 있습니다. 앞에 말씀드린 이 의문들에 대한 답을 제가 하나라도 알았다면, 소설을 쓸 필요도 없었을 것입니다.

단편 소설을 쓴다는 것

버클리대학교 3학년에 재학 중이던 1954년 열아홉 살 가을, 나는 열두어 명의 동기 학생들과 함께 고 마크 쇼러의 영문학 106A 강좌를 수강했다. 일종의 '글 쓰기 워크숍'으로, 일주일에 세 번씩 만나 토론하고 한 학기 내에 각자 적어도 다섯 편의 단편 소설을 써서 내야 하는 강좌였다. 청강은 허락되지 않았고, 아무도 큰 소리를 내지 않았다. 1954년 가을학기, 영문학 106A 강좌는 일종의 신성한 경험, 진정한 작가들의 엄중한 세상으로 들어가는 신고식처럼 여겨졌다. 토론 수업 시간에 들어갈 때마다 예민한 흥분감과 두려움이 들었던 기억이 생생하다. 수업을 함께 듣는 다른 모든 사람이 내가 꿈도 꾸지 못할 정도로 철이 들고 지혜롭다 느껴졌던 기억도 난다(오랫동안 열아홉 살에 머무르지 못할 것이라는 사실을 아직 강렬히 실감하지 못했던 때이기도 하다). 아니 모두가 나보다 철이 들고 지혜로울 뿐 아니라 경험도 더 많고, 더 독립적이며, 더 재미있고, 더 이국적인 과거를 지닌 사람들처럼 보였다. 결혼해 보고, 결혼의 파탄도 경험해 보고, 돈을 가져보고, 돈이 부족해도 보고, 섹스와 정치를 알고, 그리고 새벽의 아드리아해를 본 경험을 한 사람들이었다. 그런 경험은 다 자란 어른의 삶 자체였을 뿐만 아니라, 당시의 내게는 다섯 편의 단편 소설로 변신할 수 있는 경험들이어서 더 사무치게 절실했다. 함께 수업을 듣던 사람 중에는 당시 40대였던 트로츠키주의자도 있었고, 맨발로 다니는 남자와 하얗고 커다란 반려견과 함께 촛불로만 불을 밝히는 다락방에 살던 젊은 여성도 있었다. 폴 볼스(Paul Bowles)와 제인 볼스(Jane Bowles)* 부부를 만난 이야기에서부터 주나 반스가 등장하는 사건, 파리에서 몇 년 산 이야기, 베벌리 힐스, 유카탄반도, 뉴욕 로워 이스트 사이

---

* 폴 볼스와 제인 볼스는 미국의 작가이자 예술가 부부이다. 폴 볼스는 1949년 출판된 『하늘의 은신처(The Sheltering Sky)』라는 소설로 유명하다. 1990년 국내에 개봉한 영화 〈마지막 사랑〉의 원작이다. 제인 볼스는 1943년 출판된 소설 『두 명의 진중한 여인(Two Serious Ladies)』으로 잘 알려졌다.

드, 리펄스 베이에서 산 이야기, 심지어 모르핀에 빠져 산 이야기까지 등장했던 토론 시간을 기억한다. 나는 열아홉 살 인생 중 17년을 새크라멘토에서, 나머지 2년은 버클리의 워링 스트리트에 있는 트라이델트 기숙사에서 살았다. 폴 볼스나 제인 볼스를 만나보기는커녕 그들의 소설을 읽어본 적도 없었다. 사실 그로부터 15년 후, 나는 산타모니카캐년에 있는 친구네 집에서 폴 볼스를 만났는데, 열아홉 살 때 영문학 106A 강좌를 들을 때만큼이나 경의에 차서 말문이 막혀 버렸다.

간단히 말하자면, 나에게는 과거가 전혀 없었고 드위넬 홀에서 매주 월, 수, 금요일 정오에 열리는 토론회에 갈 때마다 내게는 미래도 없을 것이라는 사실이 점점 명백해지는 느낌이 들었다. 나는 수업 시간에 눈에 띄지 않을 만한 옷을 찾기 위해 옷장을 샅샅이 뒤져서, 결국 더러운 비옷 한 벌을 발견했다. 그리고는 그 비옷을 입고 구석에 앉아 그들이 아는 것을 내가 알게 될 희망이 없음에 절망하며, 다른 사람들이 단편 소설을 낭독하는 것을 들었다. 한 번도 수업을 빠진 적은 없지만, 한 번도 말하지도 않았다. 결국, 나는 써서 제출해야 하는 다섯 편의 소설 중 세 편밖에 쓰지 못했다. 그리고 B 학점을 받았다. 돌이켜보면, 그나마 B 학점을 받을 수 있었던 것은 오로지 하늘만큼 땅만큼 친절하고, 학생들을 예리하게 파악할 줄 아는 쇼러 교수가 내가 잘 따라오지 못하는 것이 사춘기적 마비 현상이자 잘하고 싶어 하는 염원이 있으나 절대 잘하지 못할 것이라는 두려움, 그리고 종이에 문장을 쓰는 순간 내가 충분히 잘할 수 없는 사람이라는 사실이 발각되리라는 공포로 인한 것이라는 사실을 본능적으로 알아차린 결과였을 테다. 그 후 정확히 10년 동안 나는 어떤 단편 소설도 쓰지 않았다.

정확히 10년 동안 단편 소설을 한 편도 쓰지 않았다고 해서 아무것도 쓰지 않았다는 말은 아니다. 사실 나는 끊임없이 글을 썼다. 버클리를 졸업한 후 나는 글을 써서 먹고살았다. 뉴욕에 가서 《보그》지 판촉 광고 문구를 썼고, 《보그》지 홍보 광고 문구를 썼다(이 둘의 차이는 매우 확실하지만 이해하기가 어렵다. 그것을 설명하려는 시도는 마치 캘리포니아 피코 리베라 포드 조립 공장에서의 매우 비슷해 보이는 두 가지 업무를 미국 노동 총연맹 산업별 회의가 정의 내리며 설명하려던 것과 비슷하게 들릴 것이다). 그리고 얼마간 시간이 흐른 후 나는 《보그》지 편집 기사도 썼다. 홍보 광고 문구 글의 한 예를 들어보겠다. '맞은편 페이지 위 사진: 집 전체에 걸쳐 색채와 활력이 넘치고 아무렇게나 놓인 듯한 아름다운 물건들은 이질적이면서도 잘 어울리는 상태로 공존한다. 본 페이지: 프랭크 스텔라 작품, 아르누보 스테인드글라스 패널, 로이 리히텐슈타인 팝아트 작품. 사진에 나오지 않지만, 테이블에 덮인 더없이 밝은색의 기름먹인 천으로 만든 식탁보는 멕시코 여행 중 1야드당 15센트에 샀다.'

　　이런 식의 '글 쓰는 행위'를 경시하기는 매우 쉽다. 이 말을 하는 이유는 내가 그런 글을 경시하지 않기 때문이다. 내가 말을 편안하게 대하는 법을 배운 곳도 《보그》지에서였고, 단어들은 내 불충분함을 비추는 거울이 아니라 도구이자, 장난감이자, 종이 위에 전략적으로 배치할 수 있는 무기라는 사실을 배운 것도 《보그》지에서였다. 가령, 8줄짜리 사진 설명이라면, 한 줄에 딱 27자가 들어가야 한다. 단어 하나 정도가 아니라 글자 한 자가 중요하다. 《보그》에서 일하려면 빨리 배워야 한다. 그러지 않으면, 붙어있을 수가 없다. 단어를 상대로 게임을 벌이고, 말을 잘 듣지 않는 종속절 한두 개가 든 문장을 타자기에 통과시켜 정확히 39개의 글자로 이루어진 간단명료한 문장으로 만드는 법을 배운 것도 《보그》지에서였다. 우리는 동의어의 명장이자 동사의 수집가였다. (몇 호 동안 '황홀하게 하다'라는 동사형 문장에 대한 선호도가 매우 높았다. 이 동사는 또 몇 호에 걸쳐 선호도가 높았던 '황홀하게 하는 것'이라는 명사형 문장의 뿌리이기도 했다. 예를 들어, '테이블은 도자기 튤립, 파베르지 에그를 비롯한 각종 황홀하게 하는 것들로 가득했다'가 그 용례의 하나다.) 학교에서는 그다지 중요하게 다뤄지지 않았던 문법적 요령도 반사적으로 사용할 수 있게 되었고('오렌지 두 개와 사과 한 개가 있었다'보다 '사과 한 개와 오렌지 두 개가 있었다'가 훨씬 가독성이 높고, 수동형 동사는 문장을 괜히 꼬는 경향이 있다는 사실 등), 『옥스포드 영어 대사전』을 벗으로 하게 되었으며, 글을 쓴 다음 반복하여 고쳐 쓰는 방법도 배웠다. "한 번만 더 검토해 봐요, 아직은 좀 아닌 거 같아." "임팩트 있는 단어를 처음 두 줄이 끝나기 전에 써보세요." "가지치기해야겠어요. 더 간결하게. 주장이 돋보이도록." 장엄한 허상을 담아서 매달 발간되는 《보그》지에 실릴 글은 간결할수록 좋았고, 매끄러우면 더 좋았으며, 완벽한 정확성은 필수적이었다. 1950년대 말 《보그》지에서 일하는 것은 로켓츠(Rockettes)*에서 훈련을 받는 것과 크게 다르

---

* 로켓츠는 뉴욕의 라디오시티 뮤직홀에서 주로 공연하는 무용단으로, 무용단 전체가 한 몸처럼 움직이는 정확한 군무로 유명하다.

지 않았다.

이 모든 것이 보약이었다. 특히 몇 년에 걸쳐 두 문장을 나란히 배치하는 것 자체가 『황금 주발(The Golden Bowl)』**과 비교할 때 보잘것없다는 평을 받을 위험을 감수해야 하는 행위라는 착각 속에서 고생했던 사람에게는 그야말로 꼭 필요한 약이었다. 나는 저녁 시간에, 마감이 바쁘지 않을 때, 점심시간에 밥을 먹는 대신 서서히 단어들을 가지고 놀아보기 시작했다. 이번에는 《보그》지가 아닌 나 자신을 위해서였다. 메모하기 시작했다. 내가 보고, 듣고, 기억하고, 상상한 것을 모두 적기 시작했다. 또 하나의 단편소설을 쓰기 시작했다. 아니, 쓰기 시작했다고 생각했다. 내 마음속에 뉴욕에 사는 여자와 남자의 이야기가 자리 잡고 있었다.

여자는 남자가 하는 말에 더는 집중할 수가 없었다. 열다섯 살 겨울, 캘리포니아에서 일어난 일이 생각났기 때문이다. 그날 오후에 하필 그 일을 기억할 아무런 이유가 없었지만, 그 기억은 긴급한 느낌과 동시

** 20세기 중반 이래 가장 훌륭한 단편 소설 작가로 불리는 헨리 제임스의 작품이다.

에 오래전, 아주 먼 곳에서 일어났던 사건 특유의 반짝이는 명확성을 가지고 그의 머릿속에 떠올랐다. 그해 12월에는 일주일 내내 비가 세차게 내렸고, 밸리라고 부르는 그 지역을 흐르는 강들은 거의 범람하기 직전이 됐었다. 크리스마스 방학 중이었고, 매일 아침 일어나면 집은 그 전날보다 더 춥고 더 습하게 느껴졌다. 그녀와 그녀의 엄마는 아침을 함께 먹는 사이 창밖으로 쏟아지는 비를 내다보면서, 그들이 사는 집과 옆집 우드 박사네 집을 가르는 도랑으로 물이 소용돌이치며 흐르는 것을 지켜봤다. "과일이 모두 떨어지겠다." 어머니는 별 감정 없이 매일 아침, 식사할 때마다 그렇게 말했다. "과일은 바로 지옥행이네." 그런 다음 엄마는 커피 한 잔을 더 따르고는 포기했다는 듯한 말투로, 꼭 군대 공병부대가 지어서 하는 말은 아니지만 제방이 얼마 버티지 못할 줄 알았다고 말하곤 했다. 그리고 두 사람은 15분마다 강의 어느 부분에서 범람이 예상되는지를 알려주는 뉴스 단신을 듣기 위해 라디오에 귀를 기울였다. 어느 날 아침, 새크라멘토강이 31피트까지 차올랐다고 보도되었고, 다음 날은 38피트까지 수위가 상승할 것이라는 예상이 나오자, 엔지니어들은 상류의 목장들을 대피시키기 시작했다. 그다음 날 아침 새크라멘토강의 65킬로미터 상류 지점에서 제방이 무너졌고, 크리스마스이브 신문에는 흙탕물에 밀려 무너져 내리는 제방과 목욕 가운 차림으로 지붕 위에서 구조를 기다리는 사람들의 모습을 공중에서 찍은 사진이 실렸다. 홍수를 피해 대피한 사람들이 밤새 시내로 밀려들어 학교 실내 체육관과 교회 강당을 메웠다.

"뭘 할 생각이야?" 굉장히 몰입하게 만드는 연극을 보는 듯한 흥미를 보이며, 그가 물었다.

"캘리포니아에 가서 과일 농장에서 일할 거야." 그녀가 맨숭맨숭한 목소리로 대답했다.

비가 온다: 젖은 이파리들. 어두운 거리.

호스트 농장을 차로 지난다. 홉 덩굴이 비를 맞아 축 처졌다.

풀턴 스트립은 축축하고 싸구려로 보인다. 마일스 부인 집에 불이 났고, 파티에 입고 갈 드레스를 산다. 창문 밖으로 내리는 비를 본다.

파티가 끝난 식탁 위에는 은제 포크, 나이프와 냅킨들이 흩어져 있다.

춤을 춘다.

비 내리는 날인데도 벽난로를 절대 켜지 않는 바에서.

내 모자를 걸 수 있는 곳은 어디나 내게는 홈 스위
트 홈.

·　·　·

내 머릿속에 자리 잡은 단편 소설의 '시작'은 바로 이
렇다. 뉴욕의 여자와 남자에 관한 이야기. '시작'이라
고 했지만, 다른 적당한 표현이 없어서 그렇게 적었을
뿐이다. 이렇게 거칠고 미성숙한 것을 진정한 '시작'
부분이라고 부를 수는 없을 테니 말이다. 하지만 내
가 그 이야기에 포함하고 싶은 것들을 종이에 써보
겠다는 의도로 계속 메모했다. 그 메모들이 뉴욕의
여자와 남자와는 아무런 관계가 없다는 점 또한 시
사점이 많다. 파티가 끝난 식탁 위에 있던 은제 포크
와 나이프, 비 내리는 날인데도 벽난로를 절대 켜지
않는 바, 새크라멘토강의 수위를 알려주는 숫자가 내
게 말해주는 것은 딱 하나다. **'기억하라.'** 그 메모들은
그해 뉴욕에 있을 때 내 **'마음속에** 떠올랐던 **생각들'**
이지 내가 '마음속에 계획한 생각들'이 아니었다. 그
때 내 마음속에 떠올랐던 생각은 캘리포니아에 대한
그리움, 집에 대한 그리움, 다른 아무것도 눈에 들어
오지 못할 정도의 집착적 향수였다. 내 마음속에 떠

올랐던 생각들을 찾아내기 위해서는 따로 공간이 필요했다. 강들과 비, 그리고 새크라멘토 주변의 아몬드 나무에 꽃이 어떻게 피는지를 담을 공간, 용수로, 가마에 붙이는 불에 대한 두려움을 담을 공간, 내가 기억한 모든 것, 이해하지 못한 모든 것을 만지작거리고 가지고 놀 공간이 필요했다. 결국, 나는 뉴욕의 여자와 남자에 관한 이야기가 아니라 새크라멘토강 유역에서 홉을 기르는 사람의 아내에 관한 소설을 썼다. 그 소설은 내 첫 작품이 되었고, 『흐르는 강물 (Run River)』이라는 제목이 붙여졌지만, 내 마음속에 명확히 품은 생각이 무엇인지 알아차린 것은 5년 후 그 소설을 끝낼 때가 되어서였다. 아마도 단편 소설을 잘 쓰는 작가들은 이보다 자기 마음을 훨씬 잘 알고 글을 쓸 것으로 짐작한다.

단편 소설을 쓸 때는 자신의 의도를 어느 정도는 의식하고, 어느 정도는 초점을 좁혀야 한다. 예를 들어보자. 1975년 어느 날 아침, 나는 로스앤젤레스발 호놀룰루행 팬암 항공 8시 45분 비행기에 타고 있었다. 로스앤젤레스에서 이륙하기 전 '기계 문제'로 인해 출발이 30분 지연됐다. 그렇게 기다리는 동안 승무원들은 커피와 오렌지 주스를 승객들에게 제공했고, 어린이 두 명이 복도에서 술래잡기했으며, 내 뒷

자리 어디에선가 어떤 남자가 아내인 듯한 여자에게 소리를 지르기 시작했다. 여자가 아내인 듯하다고 한 것은 그가 욕설을 내뱉는 솜씨가 많이 해본 어투처럼 들렸기 때문이다. 비록 명확히 들리는 말은 "너 때문에 살인 충동 올라온다"밖에 없었지만 말이다. 잠시 후 내가 앉은 곳에서 몇 줄 뒤쪽에 있는 비행기 문이 열리고 그 남자가 서둘러 내리는 소리가 들렸다. 그러고는 팬암 비행사 직원들 여럿이 비행기를 오르락내리락하면서 상당히 큰 혼란이 벌어졌다. 나는 비행기가 이륙하기 전에 그 남자가 다시 비행기에 탔는지, 그 여자가 혼자 호놀룰루에 갔는지 알지 못한다. 하지만 태평양을 건너는 내내 그 생각을 했다. 셰리 온더록스를 마시면서 그 생각을 했고, 기내식 점심을 먹으면서 그 생각을 했으며, 하와이 군도의 섬이 처음 비행기 왼쪽 날개 너머로 보이기 시작했을 때도 그 생각을 하고 있었다. 하지만 다이아몬드 헤드를 지나고, 산호초 위를 낮게 날아 호놀룰루 공항에 착륙하기 직전에야 나는 그 사건에서 내가 제일 싫어하는 점이 무엇이었는지 깨달았다. 그 이야기에는 단편 소설이 될 수 있을 만한 요소가 숨어 있었다. '작은 개안의 순간', '세상을 내다볼 수 있는 창문' 역할을 하는 이야기. 전혀 모르는 이방인의 삶에 벌어지는 위기를 언뜻 본 후 자신의 삶을 새로운 각도에서 보게 된 주인공의 이야기. 그런 이야기에는 티룸(Tea Room)에서 흐느끼고 있는 여자가 등장하는 경우도 자주 있고, 기차 창문을 통해 보게 된 사고도 자주 다뤄진다. '티 룸'이나 '기차'는 실생활에서는 그렇지 않지만, 단편 소설에서는 상징적인 장소로 자주 등장한다. 이번에도 그 사건에서 싫었던 부분은 내가 이해하지 못했던 부분을 더 자세히 들여다보고 만지작거릴 만한 공간이 없다는 사실이었다. 나는 삶이 단편 소설 하나로 압축되는 것을 목격하기 위해 호놀룰루에 간 것이 아니었다. 내가 호놀룰루에 간 것은 삶이 확장되어 장편 소설이 되는 것을 보기 위해서였고, 그 점은 지금도 변함이 없다. 나는 세상으로 난 창문이 아니라 세상 자체를 원했다. 보이는 모든 것을 원했다. 나는 꽃들, 산호초 사이를 누비는 물고기, 상대방 때문에 살인 충동을 느낄 수도 있는 사람들을 위한 공간을 원했다. 그러나 전통적인 서사 구조의 요구에 의해 로스앤젤레스발 호놀룰루행 팬암 항공기에서 아침 8시 45분에 그렇게 소리를 질러대는 사람들을 위한 공간을 원한 것은 아니다.

내가 1964년 한 해에 세 개의 단편을 썼지만―강의를 들으며 써내야 했던 것들을 제외하면― 그 후로는 한 편도 쓰지 않은 이유를 대라고 하면, 나는 내 첫 장편 소설이 출간된 후에 첫 장편 소설을 펴낸 사람들이 흔히 겪는 공포, 다시는 소설을 쓰지 못할 것 같은 공포에 사로잡혀 있었다고 설명하곤 한다. (사실 이 공포는 두 번째 소설을 쓴 사람, 세 번째 소설을 쓴 사람에게도 흔한 현상이고, 내가 알기로는 마흔네 번째 소설을 쓴 사람조차 겪는 현상이다. 하지만 당시만 해도 나는 그것이 첫 소설에만 국한된 독특한 현상이라 생각했다.) 나는 타자기 앞에 앉은 채, 다시는 소설의 주제가 내게 찾아오지 않을 것으로 확신했다. 영원히 영감을 얻지 못할 것으로 생각했다. '어떻게 쓰는지' 잊어버릴 것으로 믿었다. 그래서 손가락 운동이라도 해야겠다는 절박한 마음에서 단편 소설을 써보려고 애썼다.

과거에도 그렇고 지금도 그렇고, 나는 짧은 이야기가 가지는 특유의 리듬에 대한 감각이나 창문 속의 세상에 집중할 능력을 지니고 있지 않다. 내가 쓴 단편 소설 중 첫 작품인 「귀환」은 극도로 단순하고 매우 통상적인 형태를 띠고 있다. 등장인물들의 삶이 단 하나의 대화에서 모두 드러나게 되어 있고, 그 대화를 중립적인 기록자가 듣는 형태의 이야기다. 이런 형태의 이야기는 절대적 제어력이 필요하다. 헤밍 웨이의 「흰 코끼리를 닮은 언덕」이 최고의 예라고 할 수 있을 것이다. 그러나 내가 쓴 「귀환」은 제어력이라고는 찾아볼 수도 없는 글이었다. 이야기의 한 부분은 대충 개요만 적어놓은 습작처럼 읽히기까지 한다. 켄터키 석탄 탄광은 이 이야기에서 무슨 역할을 하는가? 그 인상파 그림을 본 사람은 누구인가? 누가 이야기하고 있는가? 나는 왜 규칙을 어기지 않고 제대로 이야기하면서, 대화를 통해 모든 것을 전달할 수 있을 정도로 충분히 알지도 못하면서 이런 종류의 이야기를 쓰려고 했을까? 「귀환」을 쓸 때의 내 성급함은 「웰페어 아일랜드 페리(The Welfare Island Ferry)」에서도 전혀 나아지지 않았다. 그 작품은 「귀환」과 기술적으로는 다르지만, 마찬가지로 매우 익숙한 종류의 이야기이다. '갑자기 무언가를 깨닫고 충격받는' 이야기인 「웰페어 아일랜드 페리」는 등장인물은 계속 모르는 상태로 남지만, 독자들은 상당히 늦게, 그리고 꽤 갑자기 무엇인가를 깨닫도록 쓴 이야기이다. 이 이야기에서 끝까지 밝히지 않는 사실은 등장인물 중 하나가 치매에 걸렸다는 부분이다. 나는 본능적으로—사실 이런 본능은 이야기를 펼치는 데에 치명적인 약점으로 작용한다— 처음부터 딱 까놓고, '소녀는 완전히 정신 나간 사람과 얽혔다'라고 밝힌 다음 이야기를 진행하는 쪽을 선호했을 법하다.

솔직히 말해서, 세 번째 단편에서는 나도 성급함을 전혀 보이지 않았다. 「음악이 언제 이리됐지? 얘들아, 그게 어제였니?(When Did Music Come This Way? Children Dear, Was It Yesterday?)」라는 작품이었다. 그렇다고 성공적인 단편 소설이라고 주장할 의도는 전혀 없다. 사실 이야기로는 전혀 성공적이지 않은 작품이다. 작품이라기보다는 쓰지 못한 소설을 위한 긴 메모에 가까워서 진정한 의미의 습작이라고 할 수 있다. 「음악이 언제—」를 쓰면서 나는 일인칭 화법을 사용하는 방법을 배웠다. 아니, 배우기 시작했다. 「음악이 언제—」를 쓰면서 과거와 현재의 병렬만으로 서술적 긴장감을 만들어 내는 방법을 스스로 터득했다. 아니, 터득하기 시작했다. 그렇게 배운 것들은 사실 내가 첫 장편 소설을 쓰기 전에 먼저 배웠어야 할 것들이었다. 이 세 번째 단편 소설을 쓰지 않았더라면 두 번째 장편 소설은 쓰지 못했을 것이다. 엉성하고 불완전한 이야기이지만, 내 눈에는 세 단편 소설 중 가장 흥미로워 보였다.

세 번째 단편 소설은 또 출간에 가장 어려움을 겪은 작품이기도 했다. 「귀환」은 《새터데이 이브닝 포스트》에 실렸다. 「웰페어 아일랜드 페리」는 《하퍼스 바자》에 게재하는 데 성공했다. 「음악이 언제―」는 아주 아주 오랫동안 아무 곳에도 싣지 못했다. 흥미롭게도 그 글은 러스트 힐스의 원고 청탁을 받고 썼었다. 당시 《포스트》의 소설부 편집장을 맡고 있었던 힐스는 전화로 말했는지 편지로 말했는지 잊어버렸지만, 내게 《포스트》가 어린이를 주제로 한 특집을 계획하고 있다고 말했었다. 아무리 간접적으로라도 어린이와 관련 있는 기사와 창작물만 싣는 특집호를 기획하고 있고, 몇몇 작가에게 작품을 써달라는 요청을 보냈다고 했다. 각 작가는 소정의 '선급 고료'가 지급될 예정이지만, 제출된 모든 작품이 수락되지는 않을 것이었다. 나는 단편 소설을 써서 제출했다. 당시 내 매니지먼트 회사는 윌리엄 모리스 에이전시였는데, 뉴욕의 모리스 사무실에서 캘리포니아에 있던 내게 보낸 편지를 보면 그 작품의 험난한 여정을 짐작할 수 있다.

1964년 10월 9일: "아시다시피 러스트 씨가 어린이 특집에 실릴 단편 소설을 다수의 저자에게 요청했고, 지급되는 선급 고료는 일괄적으로 200달러입니다. 작품이 수락되면 1,750달러의 원고료가 지급될 예정이니, 조앤 씨가 지난번 받았던 원고료에서 200 달러가 인상된 금액이지요. 이 조건에 동의하시는지 알려주십시오. 동의하시면, 계약을 대행…"

1964년 11월 30일: "좋은 소식을 드릴 수 없게 되어 매우 유감입니다. 러스트 힐스 씨가 「음악이 언제 이리됐지? 얘들아, 그게 어제였니?」 원고를 돌려보냈어요. … 물론 선급 고료 수표는 도착하자마자 보내드릴게요. 이 글을 더 발전시키고 싶다고 이미 언급했던 기억이 있는데, 원고를 다시 보내드려야 할지 궁금하군요."

1964년 12월 8일: "「웰페어 아일랜드」와 「음악이 언제—」 수정 원고를 큰 기대와 함께 기다리고 있어요…."

1964년 12월 11일: "「웰페어 아일랜드」 수정본은 《하퍼스 바자》에, 「음악이 언제—」 수정본은 《더 뉴요커》에 보냈습니다…."

1965년 4월 13일: "원고는 이제 《에스콰이어》에 보내둔 상태입니다. 소식이 오는 대로 알려드릴게요…."

1965년 6월 2일: "애석하게도 「음악이 언제―」에 관해서는 아직 좋은 소식이 없네요. 지난번에 소식 전한 이후로 《에스콰이어》, 《하퍼스 바자》에서 거절당했습니다. 《하퍼스 바자》에서는 문체는 정말 좋은데, 이번 글은 「웰페어 아일랜드 페리」만큼은 아닌 듯하다는 피드백이 왔어요…."

1965년 8월 2일: "아시다시피 「음악이 언제―」를 다양한 매체에 보냈고, 다음은 그 매체들에서 보내온 피드백입니다. 《새터데이 이브닝 포스트》: '여러 사람이 글을 읽었고, 여러 사람이 감탄하고 흥분했습니다. 그러나 이 글이 매우 좋지만, 《새터데이 이브닝 포스트》에는 적합하지 않다고 생각하는 사람들도 일부 있었고, 그런 의견인 사람 중에는 최종 결정권을 지닌 빌 에머슨도 포함되어 있었습니다. 글의 주제뿐만 아니라 간접적 서사 방식 때문입니다.' 《더 뉴요커》: '전체적으로 인상적이지 않습니다.' 《레이디스 홈 저널》: '저희 잡지에 싣기에는 너무 부정적입니다.' 《맥콜스》: '이 이야기를 싣지 않기로 결정하면서 마음이 정말 좋지 않았습니다. 이야기가 잘 꾸며진 것은 아니지만, 문체가 정말 좋기 때문입니다. 독자를 끌어들이는 특별한 힘이 있는 작가입니다. … 그러나

망설이면서도 이 작품을 거절하는 이유는, 결국 이야기 구성이 완전하지 않기 때문입니다.'《굿 하우스키핑》: '감탄스러운 문체에, 매우 실감 나는 글입니다. 극도로 우울한 이 이야기를 읽고 오후 내내 침울한 먹구름 아래에 앉았었습니다…. 독자들에게 이런 고생을 사서 하게 할 수는 없어서, 미안하지만 게재하지 않기로 했습니다.'《레드북》: '너무 불안정합니다.'《애틀랜틱 먼슬리》: '앞으로도 조앤 디디온의 작품을 계속 보내주시길 바랍니다. 하지만 이번 작품은 게재하지 않기로 하고 돌려보냅니다.'《코스모폴리탄》: (편집진이 교체된 관계로 두 번 도전) '너무 우울한 내용.'《에스콰이어》: 노 코멘트. 《하퍼스 바자》: '전작「웰페어 아일랜드 페리」는 지금까지 게재한 작품 중 거의 최고로 아끼는 작품인 데 반해「음악이 언제―」는 그에 미치지 못하는 느낌입니다.'《보그》: '저희 잡지에는 적합하지 않습니다.'《마드모아젤》: '이번 작품은 게재할 수 없게 되었습니다.'《더 리포터》: '애석하게도 《더 리포터》에는 적합하지 않습니다.' 지금 시점에서는 평론 잡지들 이외에는 이 작품을 보낼 만한 곳이 더는 없다고 판단됩니다. 이견이 없으면 평론 잡지에 기고할 계획인데, 어떻게 생각하시나요? 답신 기다리겠습니다."

1966년 11월 7일: "… 작품을 《덴버 쿼털리》에 보냈고, 내년 초에 발행될 계간지 4호에 싣고 싶다는 답신을 받았습니다. 원고료는 페이지당 5달러에 불과하고, 10페이지 정도 실을 계획이니 50달러를 낼 수 있다고 해요. 이 계약을 진행하고 싶은지 알려주세요. 《덴버 쿼털리》 이전에 기고한 매체는 다음과 같습니다. 《새터데이 이브닝 포스트》, 《뉴요커》, 《레이디스 홈 저널》, 《코스모폴리탄》, 《맥콜스》, 《굿 하우스키핑》, 《레드 북》, 《애틀랜틱 먼슬리》, 《코스모폴리탄》(재투고), 《에스콰이어》, 《하퍼스 바자》, 《보그》, 《마드모아젤》, 《리포터》, 《하퍼스》, 《허드슨 리뷰》, 《케니언 리뷰》, 《버지니아 쿼털리》, 《레이디스 홈 저널》(재투고), 《파리스 리뷰》, 《예일 리뷰》, 《세와니 리뷰》. 행운을 빕니다…"

정말이지 **행운을 빕니다**가 절실했다. 그 작품은 1967년 《덴버 쿼털리》 겨울호에 게재됐다. 그리고 1967년 겨울, 나는 두 번째 장편 소설을 쓰기 시작했고, 다시는 단편 소설을 쓰지 않았다. 아마도 앞으로도 쓰지 않을 듯하다.

어떤 여자들은

몇 년 전《보그》지에서 일한 적이 있다. 내가 맡은 업무 중에는 사진작가의 스튜디오에 가서 여성들이 사진 찍히는 것을 보는 것도 포함되어 있었다. 그 사진들은《보그》지의 패션란이 아니라 '특집'란에 실리는 것들로, 이런저런 이유로 주목을 받는 여성들이 등장했다. (많은 경우) 영화나 연극 등에 출연했거나, (그보다 덜 많은 경우) 백신 같은 것을 개발하는 데 선구자적 역할을 했거나, (우리가 인정하는 것보다 훨씬 더 많은 경우) 그저 유명하다는 이유로 등장하게 된 여성들이었다. "편안한 마음을 주는 옷이면 뭐든 괜찮습니다." 사진에 등장하는 인물이 촬영 때 무슨 옷을 입어야 할지 물으면, 이렇게 대답하라는 지시를 받았다. "제일 자연스러운 자기 모습을 보여주세요." 다시 말해, 예술가와 그의 피사체가 상호작용하는 과정에서 어떻게든 후자의 '진실'이 드러나게 마련이라는 인물사진의 관념을 우리가 아무런 문제 제기 없이 받아들였다는 뜻이다. 사진작가는 모델이 되는 사람을 꿰뚫어 보고, 그 사람의 '정수', 즉 보통 사람의 눈에는 잘 보이지 않는 감춰진 인간성이나 성격을 포착해 낼 것이라는 믿음 말이다.

사실 모든 인물사진 촬영과 마찬가지로, 내가 목격한 촬영 현장에서도 그와는 정반대 거래가 벌어졌다. 촬영의 성공은 모델이 된 사람이 '자기 자신'이 아니라 사진사가 렌즈를 통해 보고 싶어 하는 누군가, 혹은 무엇이 되어주는 데 암묵적으로 얼마나 협력하는가에 달려있었다. 스튜디오에서 보내던 그 긴 아침, 혹은 오후를 회상할 때 주로 떠오르는 것은 자신이 원하는 것을 보기 위해 사진작가가 사용하는 작은 기교와 즉흥적인 행동들이다. (그 스튜디오가 외곽에 있든 중심가에 있든, 스튜디오의 주인이 버트 스턴이든 듀안 마이클이든, 혹은 당시 《보그》지의 특집에 포함될 사진을 찍는 수십 명의 사진작가 중 한 명의 것이든 간에 상관없이, 항상 그냥 '스튜디오'라고 불렀다. 《보그》지와 계약한 사진가들은 모두 잡지사 소유의 스튜디오에서 일했던 시절에 생긴 습관을 버리지 못하고 그냥 사용했다.) 렌즈를 검은 시폰 천으로 덮고 사진을 찍었던 적도 있다. 또 한번은 모델이 된 사람이 '편안한 마음이 들게 하는 의상'이라고 믿었던 옷을 입고 찍은 모습을 폴라로이드 사진으로 확인한 사진작가가 원하는 모습이 아니라고 선언한 적이 있다. 결국, 나는 내가 입고 있던 옷을 빌려주었고, 촬영 내내 레인코트만 입은 채 일해야 했다. 바로 그때부터 알아차렸어야 했다. 촬영 때마다 스튜디오에는 사진의 '소재'가 되는 여성과 사진의 주제가 있는데, 그 둘 사이의 교집합이 항상 존재하지는 않는다는 사실 말이다.

이 '주제' 문제는 상당히 미묘하다. 화가든 사진가든 작곡가든 안무가든 상관없이, 사실 작가도 포함해서, 무에서 유를 창조해 내는 것이 일인 사람들은 자기가 무슨 일을 하는지, 혹은 어떻게 그 일을 하는지에 대해 이야기하는 것을 별로 좋아하지 않는다. 그런 사람들은 자기가 하는 일에 쓰는 기술적인 기교, 가령 사진가라면 조명이나 필터, 작가라면 목소리, 어투, 리듬 같은 것들에 대해서는 상당히 자유롭게 이야기하겠지만 막상 내용에 대해서는 입이 무거워진다. 자신의 작품을 분석하려는 시도, 다시 말해 자신이 다루는 주제를 이해하려고 하는 시도는 파괴적인 것으로 간주한다. 미신이 힘을 얻고, 부서지기 쉬운 미완의 무엇인가가 산산조각 깨지고 사라져서 다시 무로 돌아가 버릴 것이라는 공포가 승리한다. 장 콕토(Jean Cocteau)*는 그런 활동은 모두 '심오한 나태, 꿈에서 깨어나고 싶지 않은 환자처럼 비몽사몽 취한 상태를 벗어나지 않으려는 의도에서 나오는 것'이라고 말한 적이 있다. 꿈속에서 우리는 행동을 분석하지 않는다. 분석하는 순간 꿈은 사라지고 만다. 가브리엘 가르시아 마르케스는 《뉴욕 타임스》와의 인터뷰에서, 당시 집필 중인 소설에 관해 이야기하면서 '불운'이 닥칠 것이라고 말한 적이 있다. 물론 소설의 영감이 사라져 버리고 상상력을 추동하는 힘을 잃을 것이라는 뜻이다. 한번은 소설이 무지갯빛 광채를 발하는 표면을 가진 유막처럼 내 앞에 떠올랐고, 그 순간 나는 내 머릿속에 그 소설이 '있다'는 것을 깨달았다. 그 소설을 완성하기까지 몇 년 동안, 나는 그 유막에 관한 이야기를 누구에게도 하지 않았다. 아침을 먹으면서 이야기한 후 사라져 버리는 꿈의 기억처럼, 내게 부여된 그 이미지의 부적

---

* 20세기 초 영화, 문학, 미술, 연극 등 문화예술 전반에 많은 업적을 남긴 프랑스의 예술가이다. 대표작으로, 소설 『앙팡 테리블(Les Enfants Terribles)』이 있으며, 영화는 〈미녀와 야수〉, 〈오르페(Orphée)〉 등이 있다.

같은 효과가 입을 뻥긋하는 순간 사라질까 봐 두려웠다. "너무 많은 말을 하면 이야기가 가진 신비로움의 일부를 잃고 맙니다." 로버트 메이플소프(Robert Mapplethorpe)**는 그의 작품에 관해 이야기하고 싶어 하는 BBC 인터뷰 진행자에게 그렇게 말했다. "순간의 마력을 포착해야 해요. 그게 바로 사진을 찍으며 고조되는 이유입니다. 왜 일어나는지 모르지만, 무슨 일인가가 일어나는 거지요."

질문 한 가지: 로버트 메이플소프의 '소재'가 여성들이라면, 그의 '주제'는 무엇일까?

가능한 대답 한 가지: 그의 주제는 그의 '소재'가 가죽옷을 입은 남성이 됐든, 꽃이 됐든, 나지막한 수평선 아래로 펼쳐진 산호바다가 됐든, 늘 변함이 없다. **왜 일어나는지 모르지만, 무슨 일인가가 일어나는 것이다.** 그는 BBC와의 인터뷰에서 이런 말도 했다. "저는 어릴 때부터 가톨릭 신자였어요. 매주 일요일, 성당에 갔지요. 제가 피사체를 배치하는 패턴은 지극히 가톨릭답습니다. 화면을 구성할 때 항상 그래왔죠. 대칭성이 매우 중요해요."

**   20세기 중반에서 후반에 걸쳐 활동한 미국의 현대 사진작가로서, 흑백 사진을 통해 탐미적이고 성적인 표현을 실험적으로 다룬 것으로 잘 알려졌다.

로버트 메이플소프가 사진가로 활동하는 동안 피사체로 선택한 여성들에 대해서 생각해 보자. 대부분은 스타이거나 영향력 있는 패셔니스타, 혹은 자기 분야에서 큰 업적을 이루어 낸 잘 알려진 인물들이다. 모델과 배우들이 있었다. 가수, 무용가, 안무가도 있었다. 예술품을 만드는 사람, 예술품을 팔고 사는 사람도 있었다. 대부분은 뉴욕 여성들로, 낯익은 뉴욕 특유의 강렬함이 있는 사람들이었다. 대부분 관습적으로 '예쁘다', 심지어 '아름답다'라고 간주할 만한 인물들이었는데, 조명이나 화장 같은 장치뿐만 아니라 카메라에 자기를 내보이는 방식을 통해서도 아름다워 보였다. 그들은 프로였고, 카메라 앞에서 퍼포먼스를 할 줄 아는 여성들이었다. 그들은 세상에서 자신의 길을 개척해 나갈 줄 아는 여성들이었다. 그들은 많은 것을 아는 여성들이었지만, 그들이 아는 것이 확신을 불러일으키지는 않는 듯한 인상을 남겼다. 어떤 이들은 성적 황홀감에 빠진 것처럼, 혹은 빅토리아 시대 여성들처럼 기절한 척하며 눈을 감은 채 카메라를 마주했다. 어떤 이들은 깜짝 놀라 잠시 광기에 빠지기라도 한 것처럼 카메라를 정면으로 응시했다. 그런 그들의 모습은 유혹하고, 위장하고, 음모하고, 속이는 능력에 생존이 달린 세상에서 살아온 사람들의 모습처럼 보였다. **노래해서 저녁 식사를 벌어봐, 어쩌면 아침도 먹을 수 있을지 몰라.*** 그 사진들의 무엇인가가 그렇게 말하고 있었다.

고운 소리로 우는 새는 굶지 않아. 이런 문구는 '현대적' 사고가 아니며, 메이플소프의 사진에 등장하는 여성들도 자신을 현대적 여성으로 내세우지 않았다. 그의 사진 중 일부에서는 낯익은 19세기식 지배-종속 관계가 느껴진다. 끈과 가죽, 12센티미터 굽의 구두, 발등에 주름이 잡힐 정도로 불편한 신발이 암시하는 에로틱한 고통. 불행한 운명을 맞이하게 될 처녀들(아래로 내리깐 눈, 맞잡은 손), 죽음을 피할 수 없는 것이 삶이라는 암시, 대리석 같은 피부, 가면무도회의 가면처럼 보이는 얼굴, 초자연적인 느낌으로 빛을 발하는 얼굴, 천사를 연상시키는 후광과 썩어가는 육신.

---

*   1938년 발표된 브로드웨이 뮤지컬 〈시러큐스에서 온 소년들(The Boys from Syracuse)〉에 등장하는 〈노래해서 저녁 식사를 벌어봐(Sing for Your Supper)〉라는 노래의 일부다. 해당 부분의 노랫말은 다음과 같다. 'Sing for your supper, / And you'll get breakfast. / Songbirds always eat / If their song is sweet to hear(노래해서 저녁 식사를 벌어봐, / 어쩌면 아침도 먹을 수 있을지 몰라. / 고운 소리로 우는 새는 굶지 않아. / 그 노래가 듣기에 달콤하다면.)'

여기서 이상화된 대상은 한 번도 현재의 것인 적이 없다. 수영복을 팔기 위해 찍은 메이플소프의 사진들은 이상화된 현실을 연상시키는 탄력적인 활동성이나 자유로운 움직임 등과는 거리가 먼 신체 결박, 볼기 때리기 등 제국주의 시대 영국을 떠올리게 하는 성적 환상을 표상하고 있다. 메이플소프가 찍은 그레이스 존스의 낯익은 얼굴은 중성적 미래의 표상으로 알려진 그녀의 이미지가 아니라 19세기의 이국적인 아프리카와 이집트에 대한 낭만적인 꿈을 담고 있다. 메이플소프의 패션 사진 중 하나에는 나체의 흑인 '토마스'가 유령처럼 하얀 '도반나'와 춤을 추고 있다. 고전 발레의 파드되(Pas de Deux)*에서 배반한 자가 배반당한 자를 무덤에서 일으켜 구애하는 장면, '망령들의 춤'**에 등장하는 프리마 발레리나를 연상시킨다.

메이플소프 작품에 등장하는 어린 소녀들까지도 빅토리아 시대 소녀들처럼 보인다. 그들은 현대적 의미의 어린이가 아니라 지각이 있는 존재로, 베레를 쓰고 토끼 인형을 든 어린 모습이지만 책임감을 의식

---

* 발레에서 주로 여성과 남성 무용수가 함께 춤추는 2인무를 말한다.
** 발레 작품인 〈라 바야데르(La Bayadere)〉에 나오는 군무이다.

한 듯 심각한 표정을 짓고 있다. 그 작은 어른들은 자기들이 아는 것이 무엇이고, 아직 알지 못하는 것이 무엇인지를 불 보듯 명확하게 아는 눈으로 우리를 바라본다. 짓궂게도 메이플소프가 사진을 찍은 모든 여성 중에서 자신을 '현대적' 존재로 내비친 사람은 아마도 오노 요코뿐일 것이다. 그녀는 여성이라는 정체성과 유명세에 따르는 사회의 요구를 넘어선 후 살아남은 중년 여성의 과장 없는 옷과 맑은 눈, 바람에 날리는 머리를 하고 자기 자신의 완전한 주인으로 우리 앞에 섰다. 이 모든 것에서 느껴지는 흥미로운 점은 그러한 고집스러움과 의지가 그 '소재'들의 것이 아니었다는 사실이다.

　로버트 메이플소프는 상당히 낭만적인 충동들을 놀라운 방식으로 수렴하곤 한다. 관습에서 벗어난 듯한 외형에서 오는 낭만. 예술 자체가 가진 낭만. 가능함의 한계를 기꺼이 시험하고자 하는 태도, '흥미로운 것'을 탐험하려는 태도, 또한 낭만적이었다. ("젖꼭지에 고리를 끼워보면 재미있겠다는 생각이 들었을 뿐이에요." 그는 초기 영화 〈로버트, 젖꼭지 피어싱을 하다(Robert Having His Nipple Pierced)〉에 관한 BBC와의 인터뷰에서, 바로 그게 강렬한 문화의 낭만성이라며 이처럼 말했다.) 퀸스의 중하류층 가정에서 가톨릭 신자로 자란 소년이 도시로 와서 자수성가하고 나체 사진계의 랭보*로 인정받았다는 사실도 낭만적인 구석이 있었다(그는 "그건 내가 원하는 게 아니었어요"라고 말한 적도 있다).

그러한 낭만적 고통이 가장 위대한 부르주아적 도시의 몰락 시기에 현대 세계에서 다운타운 스타일로 부활했어야만 했다는 의견은 어떤 역사적 측면으로 봐도 예측할 수 있는 것이었다. 그런데도, 로버트 메이플소프의 작품 활동은 어떠한 역사적, 사회적 맥락도 적용할 수 없는 미학적 놀음으로 간주되었으며, 너무도 '새로워서' 해석할 수 없는 것으로 받아들여졌다. 사실 그의 작품이 '새롭다'라는 고정관념 때문에 우리는 메이플소프가 가진 힘의 원천을 간과하는 경향이 있다. 원래 처음부터 그의 힘은 새로운 것에서 나왔다기보다는 오래된 것이 주는 충격, 불변의 도덕적 세계에 노출되는 충격적인 불안감에서 나왔다. 그의 작품에는 항상 빛과 어둠 사이의 긴장, 심지어 그 둘 사이의 투쟁이 등장하고, 무력함에 대한 찬양, 죽음으로부터의 유혹, 십자가에 못 박히는 것을 연상시키는 희생의 판타지 같은 것이 존재한다.

---

* 아르튀르 랭보(Arthur Rimbaud)를 말한다. 그는 19세기 프랑스 상징주의의 대표적인 시인이다.

그의 작품에는 무엇보다도 혼란에 질서를 부여하고, 생각할 수 없는 이미지들에 고전적인 형식을 부여하는 위태로운 시도가 있다. **화면을 구성할 때 항상 그래왔죠. 대칭성이 매우 중요해요.** "저는 '충격적'이라는 단어를 그다지 좋아하지 않습니다." 로버트 메이플소프는 1988년《아트뉴스(ARTnews)》와의 인터뷰에서 그렇게 말했다. 당시 질병과 싸우고 있었던 그는 유명한 가죽 사진들에 관해, 다시 한번 말해 달라고 요청받았다. "저는 예상치 못한 것들을 찾아 헤맵니다. 이전에 한 번도 보지 못했던 것을 찾고 싶은 거죠. 하지만 '충격적'이라는 표현은 조금 문제가 있다고 생각해요. 저는 무엇에도 충격받지 않기 때문입니다. 결국, 제가 그 사진들을 찍을 수 있는 위치에 있었으니까요. 그 사진들을 찍어야 한다는 책임감을 느꼈습니다." 이것은 자기가 배치한 사물들에서 느껴지는 극도의 대칭성이 자신의 궁극적 주제였던 사람의 말이다.

내 남편과 내가 사는 집에는 토니 리처드슨(Tony Richardson)*의 사진이 두 장 있다. 더 먼저 찍은 사진은 1981년 것으로, 그가 파나플렉스 카메라를 설치한 이동 촬영대에 올라탄 모습이 담겼다. 엘패소 근처 어디에서 찍은 듯한 이 사진에는 열정적으로 영화 찍는 행위를 하는, 그 행위와 사랑에 빠진, 그 행위로 인해 변신한 사람의 모습이 담겼다. 사진이 찍힌 당시 그가 제작하고 있던 영화는 '대작'이었다. 날마다 들어가는 필름 비용만 수만 달러에, 매일 밤 영화사에서 일간지들을 항공편으로 배달해 주었고, 촬

---

*   영국의 영화감독으로, 대표작에는 〈성난 얼굴로 돌아보라〉, 〈장거리 달리기 주자의 고독〉 등의 작품이 있다. 제2차 세계 대전 후 '앵그리 영맨(Angry Young Men)' 세대의 대표적인 인물로 꼽힌다.

영 번호가 스크린에서 번쩍이면 영사실에 있는 모든 사람이 살짝 긴장하는 그런 영화였다. 바로 대규모 제작진이 투입되고, 믿고 보는 스타 잭 니콜슨이 출연하는 〈더 보더(The Border)〉 촬영 현장이었다. 둘 중 더 최근 사진은 1989년 늦가을 스페인의 야외 로케이션 현장에서 찍은 것이다. 마스터 숏 촬영이 진행 중인 듯하다. 촬영 감독과 마이크 이동 장치, 반사 장치가 보인다. 배우는 제임스 우즈와 멜라니 그리피스다. 그리고 사진의 왼쪽 모서리에 청바지와 테니스화, 빨강 파카 차림을 한 감독이 있다. 엘패소 근처에서 이동 촬영대 위에 앉은 모습보다 눈에 띄게 건강이 나빠 보이지만, 그때와 마찬가지로 열정적으로 영화 찍는 행위를 하는, 그 행위와 사랑에 빠진, 그 행위로 인해 변신한 사람이 보인다. 이번에는 HBO 텔레비전에서 방영될 21분짜리 드라마로, 어니스트 헤밍웨이 원작의 〈흰 코끼리를 닮은 언덕〉을 제작하고 있다.

나는 토니 리처드슨처럼 무엇을 만드는 것을 사랑하는 사람도, 자기가 이미 만들어 놓은 것에 그처럼 관심을 보이지 않는 사람도 만난 적이 없다. 토니가 사랑한 것은 무엇인가를 만드는 행위 그 자체였다. 자신이 만드는 것이 막대한 예산의 대작이든, 극장에 올리거나 텔레비전에 방영될 20분짜리 드라마든 상관없었다. 자신이 만드는 것의 성격이나 성공 잠재력, 혹은 관객들의 반응 같은 것은 그와 무관하다고 생각했고 전혀 관심이 없었으며, 중요하게 여기지도 않았다. 롱비치 주민센터에서 며칠 공연하고 끝나버릴 〈뜻대로 하세요〉가 됐건, 로스앤젤레스 시내의 극장에서 텔레비전에 나오는 유명 스타들이 등장하는 〈안토니우스와 클레오파트라〉가 됐건, 그가 쏟아붓는 열정의 순도는 항상 100이었다. 이런 프로젝트들이 런던에서 바네사 레드그레이브와 함께 제작했던 것과 같은 작품들보다 잠재력이 더 작을 수도 있다는 사실을 그는 머릿속에 떠올려 본 적도 없다. "마지막에, 정말이지 마법 같은 일이 일어나요." 로스앤젤레스 시내 극장 무대에 올렸던 〈안토니우스와 클레오파트라〉에 대해 장담하던 모습이 눈에 선하다. 그가 하려던 말은 일에 관해서가 아니라 일을 하는 것에 관해서였고, 전통적 형태의 그 대형 무대 위에서 벌어지는 장면을 위해 모두 함께 일하는 것에 관해서였다. "모든 게 마법이고 꿈이에요." 〈흰 코끼리를 닮은 언덕〉의 대본을 살짝 수정해달라고 요청하기 위해 스페인에서 전화한 그가 그렇게 선언하듯 말한 것이 기억난다(내가 남편과 함께 썼던 그 대본에는 주인공들이 얕은 강물을 헤치며 걸어 올라가는 장면이 나오는데, 촬영할 수 있는 시냇물이 너무 차가워서 수정이 필요했다). 이번에도 그가 하려던 말은 일에 관해서가 아니라 일을 하는 것, 차가운 시냇물과 올리브 과수원과 그다지 건강하지 않은 빨강 파카를 입은 남자가 담긴 완결되지 않은 장면을 구성하고 재구성해서, 딱 그 모습으로 기억하는 것에 관해서였다.

'마법'은 토니가 삶과 일에서 항상 원했던 것이었고, 일을 사랑하는 모든 사람이 그렇듯 그도 그 둘을 구분하지 않았다. "마법 같았으면 좋겠어요." 계획하는 것이 영화든, 달밤에 해변에서 하는 소풍이든 그는 늘 그렇게 말하곤 했다. 그는 마법을 원했고 마법을 구사했으며, 마법 같은 일을 만들어 내기 위해 집을 저당 잡히고 완성 보증 보험에 자비로 가입했으며, 배우 파업 바로 전날 밤에 촬영을 시작했다. 영화나 연극을 제작하지 않을 때는 집에서도 그와 비슷한 마법 같은 상황을 만들어 냈다. 점심이나 저녁 식사, 혹은 여름은 그에게 원본 자료 영상과 같은 것이었으며, 촬영해서 인화하면 어떻게 되는지 보고 싶은 장면들이었다. 그의 집은 꽃과 새와 햇빛과 아이들, 옛 애인, 현 애인들로 가득 차서 언제라도 갈등이 빚어질 가능성이 있는 세트장과 같은 곳이었다. 그의 집은 아든 숲,* 프로스페로의 섬,** 감독의 대기실이었다. 그가 어느 날 밤, 저녁 식사하다가 말했다. "7월에 나와 함께 프랑스에 갑시다." 나와 내 남편이 그렇게 할 수가 없다고 말하자, 그는 열네 살 먹은 우리 딸을 쳐다보면서, 그렇다면 아이라도 데리고 가겠다고 말했다. 아이는 그렇게 했다. 그해 7월 토니의 '대기실'에는 수십 명이 들락거렸던 것 같다. 우리가 딸 퀸타나를 데리러 가보니, 아이는 생트로페에서 토플리스로 수영하고, 밤새워 춤을 추고, 불어로 이야기했으며, 아이가 UCLA를 다니다 방학을 틈타 프랑스를 방문한 것이라고 오해한 두 명의 이탈리아 남자에게서 구애받고 있었다. "완전히 마법 같은 여름이었어요." 토니가 말했다.

바로 이렇게 마법 같은 장면을 만들어 내기 위해 토니는 교조주의적이고, 엇나가기로 유명했으며, 벼락 맞을 확률이 제일 높은 자세를 취하곤 했다. 예를 들어, 나는 그가 흑백 영화에 '채색'하는 일의 장점을 단호하고 열정적으로 주장하는 것을 상당히 자주 들은 적이 있다. 대화 상대는 매번 채색화 작업을 반대

---

*   셰익스피어의 작품, 『뜻대로 하세요』의 배경이다.

**   셰익스피어의 작품, 『템페스트』의 배경이다.

하는 캠페인에 서명했거나, 그에 관한 사설을 썼거나, 이를 금지하는 법원 명령을 획득한 사람들이었다. "만일 제작 당시에 컬러 촬영 기술이 있었으면, 컬러로 찍었을 거예요." 그렇게 말할 때, 그는 모든 음절을 하나하나 강조하면서 말했고, 선언하는 듯한 그의 말투를 두고 존 오즈번(John Osborne)은 '영화계에서 사람들이 제일 흉내를 많이 내는 말투'라고 묘사했다. "그건 그냥 가식적인 난센스예요. 컬러가 더 나아요." 또 그가 테니스 선수 존 매켄로를 열정적으로 변호하는 것을 들은 적이 두 번이나 있다. 그가 윔블던 선수권 대회에서 테니스 채를 집어던진 것은 '정말로 멋지고 대단했다'라며, 토니는 단정적으로 말했다. 그런 식의 변호를 하게 된 것은 물론 부분적으로 그의 무정부적인 원칙이나, 영국 계층 시스템과 그에 따른 스포츠 관례에 대한 뿌리 깊은 혐오에서 기인한 것이기도 하다.

그러나 그와 동시에 대화 상대를 자극하고, 저녁 시간을 어떻게 보낼 것인지 계획하고, 모든 것이 잘 작동되게 하고자 하는 단순한 바람에서 나온 발언이기도 하다. 토니는 우리 대부분이 피하려고 애쓰는 순간, 가장 생기가 돌고 활력을 얻는다. 사회적 합의는 그에게 있어서 생각할 수도 없는 일이고, 목을 졸라 숨을 못 쉬게 하는 일이며, 자신이 남기고 떠나온 모든 것을 의미한다. 언성을 높여 논쟁하는 것은 극적인 일이고, 자유를 의미한다. 한번은 베벌리 힐스에서 저녁 식사를 하다가 내 남편과 그의 오랜 친구 브라이언 무어가 소리를 지르며 싸워서 자리가 엉망진창이 된 적이 있는데, 토니가 그다음 날 아침에 전화했다. 식사 자리에 있던 여덟 명(남편이 화가 나서 자리를 뜨고, 내가 도망치듯 나온 뒤에는 여섯 명) 중 하나였던 토니는 상황이 갑자기 그런 식으로 바뀐 것을 정말로 재미있어했다. 그에게 남편과 브라이언의 싸움은 그날 저녁 예상치 못한 '마법과 같은' 사건이었다. 친구들끼리 하는 조용한 식사 자리에 내재해 있던 위험과 극적 가능성이 실현되었기 때문이다.

나는 평생 처음 양을 본 기억을 떠올렸다. 수백 마리의 양이 있었고, 우리가 탄 차는 갑자기 램리 스튜디오 뒷마당에서 수백 마리의 양 떼와 맞닥뜨렸다. 그 양들은 영화에 출연해야 하는 이 상황을 마음에 들어 하지 않았고, 우리와 함께 차에 탄 사람들은 계속 이렇게 말했다.

"이게 당신이 원하는 거야, 딕?"

"정말 멋지지 않아?" 딕이라는 이름의 남자는 마치

자신이 코르테스나 발보아라도 된 것처럼 잔잔히 물
결치는 잿빛 양털의 바다를 보기 위해 차에서 계속
일어서려고 했다.

—F. 스콧 피츠제럴드, 『라스트 타이쿤』

토니는 1991년 11월 14일, 로스앤젤레스 세인
트 빈센트 병원에서 에이즈(AIDS)로 인한 신경계 감
염으로 세상을 떠났다. 그는 그 몇 년 전에 책을 쓰
기 시작했다. 새로운 대본이 완성되기를 기다리거나
제작비, 혹은 다른 조건들을 조정하면서 코르테스
나 발보아라도 되는 양 다시 한번 차 안에서 일어서
서 자기가 만들려고 하는 것을 내다볼 수 있게 되기
를 기다리는 시기 중 하나였을 것이다. 영화를 만드
는 사람 대부분은 이렇게 아무 일도 하지 않고 지내
야 하는 시기를 견뎌내는 방법을 배운다. 어떤 사람
은 그 방법을 잘 터득하고, 어떤 사람은 잘하지 못한
다. 후자 쪽에 속했던 토니는 늘 그 시기에 수많은 일
을 한꺼번에 벌이고, 그전부터 벌어지고 있던 일까지
도 더 확장하곤 했다. 새 대본을 의뢰하고, 물주를
마지막으로 한 번 더 만나고, 엄청나게 힘든 여행을
떠나고("도무지 재미라는 걸 싫어하는 사람이야." 콜레라 예

방접종을 해야 갈 수 있는 곳으로 주말여행 가자는 것을 거절한 내게 그가 한 말이다), **그 순간을 좀 더 낮게 만든다.** 책에 관해 처음으로 이야기한 날 저녁, 그는 '뭔가 하기 위해' 책을 쓴다고 말했고, 그 후로는 그에 관해 아무런 이야기도 하지 않았다. 한참 시간이 흐른 후, 어떻게 되어가고 있냐고 묻자, 그가 "쓰레기예요"라고 말했던 기억이 난다. "정말이지 아무짝에도 쓸모가 없다니까." 책이 쓸모없다는 말인지 책을 쓰는 행위가 쓸모없다는 말인지, 나는 지금까지도 알지 못한다.

그가 세상을 떠난 날 오후, 그의 원고를 타자로 정리해 주는 일을 맡아온 사람이 그의 딸들에게 책 원고를 건네기 전까지도 나는 그가 책을 끝냈다는 것을 알지 못했다. 그리고 지금까지도 그가 언제 책의 집필을 끝냈는지 확실히 알지 못한다. 그가 〈뉴햄프셔 호텔〉 제작을 마친 후 죽기 전까지 7년 사이의 기간에 한 일이 책에 나오지 않았고, 에필로그에 자신이 57세라고 쓴 것을 보면 죽기 6년 전에 썼을 것으로 추측할 수도 있다. 그러나 그 에필로그에는 마감, 종지부를 찍는 느낌이 묻어있다. 토니답지 않게 **아듀**를 고하는 느낌. 그는 뒤를 돌아보는 것에 별 관심이 없는 사람이었다. 절망 같은 것에 사로잡히는 타입도 아니었다. 그가 비참한 기색이라도 내비치는 때는 오직 딸 중 한 명이 슬퍼하거나, 고통을 받거나, 심지어 잠시라도 확신을 잃은 것처럼 보일 때뿐이었다. 그런데도 그는 이렇게 썼다.

세 딸의 스냅 사진들이 벽에 걸린 게시판에서 이 글을 쓰고 있는 나를 빤히 쳐다보고 있다. 나와 눈이 마주칠 때마다 딱 한 가지 질문을 계속 던지는 듯하다. 미래에 무엇이 놓여있나요? 연극계에 널리 퍼진 미신이 하나 있다. '스코틀랜드 연극' 〈맥베스〉를 인용하거나 언급하면 불운이 따른다는 믿음이다. 첫날 밤 공연까지는 왕정복고기 연극의 마지막 단어나 마지막 2행 연구를 읊으면 안 된다는 미신도 있다. 이 말을 하는 것은 그런 연극의 마지막 단어를 말하는 것만큼이나 힘들다. 나타샤, 졸리, 캐서린에게 진심으로 사랑한다고 자신 있게 말할 수 있지만, 아이들이 원하는 것은 그 이상이라는 느낌이 든다.

그는 자신이 죽어가고 있다는 사실을 6년의 기간 동안 알고 있었을까? 아니면, 그는 우리 모두 언젠가는 죽을 인간이기 때문에 그런 식으로 '죽어가는 것'을 이야기하는 것은 말도 안 되는 감상적인 일이라고 할까? '답은 어디에도 없다.' 그는 그 책의 앞부분에 이렇게 썼다. 사랑하는 사람에 대해 모르고 있던 것을 새로 발견하는 것에 관해 이야기하는 부분이었다. '그냥 약간 서늘한 슬픔 같은 느낌이다. 천사가 우리 위를 날아서 지나간다거나, 〈벚꽃 동산(The Cherry Orchard)〉의 2막에서 라네브스카야 부인이 멀리서 바이올린 현이 끊어지는 듯한 소리를 듣는 순간 느낀 것과 같은 느낌.' 그 6년 사이, 나는 몇 주 이상 그와 이야기를 나누지 않거나, 점심을 먹지 않거나, 저녁 시간을 함께하지 않고 지나간 적이 별로 없었을 것이다. 우리는 많은 휴가를 함께 보냈다. 그의 딸 나타샤는 우리 집에서 결혼식을 올렸다. 나는 그를 사랑했다. 그런데도 나는 전혀 알지 못했다.

11

마지막 말

그해 여름이 저물어 갈 무렵 우리는 강과 평원 너머 산을 바라볼 수 있는 마을의 한 집에 살고 있었다. 강바닥이 드러난 부분에는 햇볕을 받아 하얗게 마른 크고 작은 조약돌들이 있었고, 맑고 세차게 흐르는 강물은 수심이 깊은 곳에서는 푸르러 보였다. 병사들은 집 바로 옆을 지나 길을 따라 행진했고 그들의 발걸음이 일으킨 먼지는 잎사귀들 위에 분처럼 뿌옇게 내려앉았다. 나무 둥치도 먼지를 흠뻑 뒤집어썼고, 그해에는 이파리들이 일찍 떨어졌으며, 우리는 길을 따라 행진하는 군인들과, 일어나는 먼지와, 그렇게 일어난 작은 바람에 흔들려 떨어지는 이파리들과, 병사들이 지나간 후 떨어진 이파리들을 제외하고는 텅 비고 하얗기만 한 길을 지켜봤다.

어니스트 헤밍웨이의 『무기여 잘 있거라』의 유명한 첫 문단이다. 최근 헤밍웨이의 마지막 소설로 알려진 작품을 내년에 사후 출판한다는 발표를 듣고 이 문단을 다시 읽었다. 1929년 출간된 이 책의 이 문단은 자세히 살펴볼 가치가 있다. 믿을 수 없을 정도로 단순한 문장 4개, 126개의 영어 단어로 이루어졌다. 그러나 그 단어들을 배열한 헤밍웨이의 솜씨는 그 문단을 처음 읽었을 때와 마찬가지로 여전히 신비스럽고 자극적이다. 열두어 살 때 처음 그 문단을 읽은 나는 그 단어들을 자세히 살피고 열심히 연습하면 언젠가 나도 단어 126개를 그렇게 잘 배열할 수 있게 되리라고 상상했었다. 영어 원문에서는 단어 중 3음절을 가진 단어는 단 하나뿐이고, 22개가 2음절을 가지고 있다. 나머지 103개 단어는 1음절로 되어있고, 그중 24개가 'the', 15개가 'and'이다. 쉼표는 4개. 이 문단의 음률은 부분적으로 쉼표를 어디에 위치시키는지에 따라 결정된다(두 번째와 네 번째 문장에는 쉼표가 있고, 첫 번째와 세 번째 문장에는 쉼표가 없다). 하지만 동시에 'the'와 'and'를 반복하는 방법으로도 음률이 만들어지고 있다. 이 두 단어를 사용해서 만들어지는 리듬이 너무도 분명해서 네 번째 문장의 Leaves(이파리들) 앞에 the를 생략함으로써 독자는 저자의 암시를 정확하게 느낄 수 있다. 등골에 느껴지는 한기, 불길한 예감, 앞으로 펼쳐질 이야기에 대한 전조가 그대로 드러나서 독자들은 저자가 늦여름에서 더 어두운 계절로 주의를 이미 돌렸다는 사실을 인식하게 된다. 특정 사실에서 나오는 구체성이 아니라 일종의 환영을 보여주는 이 문단의 힘은 의도적인 생략, 공개하지 않은 정보로 인해 생기는 긴장감에서 나온다. **어느 해**의 여름이 저물어 갈 무렵일까? **어느** 강, **어느** 산, **어느** 병사들일까?

　우리는 모두 그 문단을 쓴 사람의 '삶'을 알고 있다. 그의 자세한 집안 사정을 무신경하게 파헤쳐서 얻은 정보는 온 나라 국민의 기억에 아로새겨져 있다. **어니스트와 해들리는 돈이 없어서, 코르티나에서 겨우내 스키를 탄다. 폴린이 찾아와서 머무른다. 어니스트와 해들리는 폴린 문제로 사이가 틀어졌고, 모두 다 주앙-레-팽으로 피신한다. 폴린이 감기에 걸렸고 회복할 때까지 왈도프-아스토리아 호텔에 머무른다.** 우리는 이 유명한 작가가 팜플로나에서 황소들과 대결하고, 하바나 해변에서 청새치 낚시를 하고, 비미니에서 복싱하고, 에브로에서 스페인 공화파 세력과 함께 대탈출을 감행하고, 세렝게티의 평야에서 '그의(혹은 그가 잡은)' 사자, '그의' 물소, 혹은 '그의' 영양 옆에 무릎을 꿇고 찍은 스냅 사진들에 익숙하다. 우리는 이 유명한 작가를 여의고 살아남은 주변인들을 주시하고, 그의 편지를 읽고, 그의 무절제함, 그의 인상적인 태도, 자신의 남성성에 대한 주장에서 느껴지는 모욕감, 자신의 유명세를 참아내는 듯한 태도로 인해 받은 조롱과 그런 태도로 인해 드러난 여러 가지 수모스러운 사실을 보면서 통탄하거나 교훈을 얻는다.

"어니스트 헤밍웨이라는 파리에 사는 젊은 청년(미국인)을 소개하기 위해 편지를 씁니다. 현재 《트랜스애틀랜틱 리뷰》에 글을 쓰고 있는데, 장래가 아주 유망해 보여요." 1924년 F. 스콧 피츠제럴드가 맥스웰 퍼킨스에게 쓴 편지다. "즉시 연락해 보는 게 좋겠습니다. 진짜배기예요." 이 '진짜배기'의 유망한 장래가 현실이 되었다가 파멸을 겪었을 때, 그는 어두운 감정적 계곡에 빠져서 감정적으로 극도로 허약해졌고, 우울감이 너무 극심해서 두 번의 충격 치료 중 첫 번째 치료를 마친 1961년 2월쯤에는 존 F. 케네디 취임 축하 기념 출판물에 약속한 문장 한 줄마저 쓸 수 없는 지경이 되고 말았다. 1961년 7월 2일 일요일 이른 아침, 이 유명한 작가는 아이다호주 케첨에 있는 자택 침대에서 일어나 아래층으로 내려가 지하실에 보관해 둔 보스 쌍열 산탄총을 꺼내 자기 이마에 2연발을 쏘았다. '아래층으로 내려갔더니 응접실로 들어가는 입구 바닥에 목욕 가운 더미와 피, 찢긴 살과 엽총이 보였다.' 그의 네 번째 부인 메리 웰시 헤밍웨이는 1976년 발간한 비망록 『그렇게 된 이유(How It Was)』에서 회고한다.

. . .

헤밍웨이의 일생이 주는 교훈이 너무도 강렬해서 우리는 이 작가가 활동할 당시 영어라는 언어에 새로운 입김을 불어 넣고, 자신뿐 아니라 다음 몇 세대에 걸쳐 사람들이 말하고 쓰고 생각하는 리듬을 바꿨다는 사실을 가끔 망각하곤 한다. 헤밍웨이가 엮어 내는 문장의 법칙은 세상을 보는 특별한 방법을 담고 있고, 동시에 그렇게 세상을 보는 방법의 지배를 받는다. 그는 세상을 보기는 하지만 참여하지는 않고 그 세상 속을 통과하기는 하지만 몸담지는 않으면서, 그 시대와 소재에 특별히 맞게 적응된 일종의 낭만적 개인주의를 구사한다. 그의 문장에 설득된 독자는 병사들이 길을 따라 행군하는 것을 보지만, 꼭 그들과 함께 행군하지는 않는다. 소식을 전하지만 참여하지는 않는다. 『닉 애덤스 이야기』의 닉 애덤스, 『무기여 잘 있거라』의 프레드릭 헨리가 그랬듯, 우리는 별도의 평화를 찾을 것이다. '그해 가을, 전쟁은 항상 거기에 있었지만, 우리는 더는 그곳에 가지 않았다.'

헤밍웨이의 이런 어조와 스타일은 너무도 널리 퍼져서 그를 찬미하는 사람들뿐만 아니라 낭만적 개인주의와는 전혀 상관없는 세계관을 가진 사람들마저 그의 목소리를 모방했다. 1975년 버클리대학교에서 조지 오웰에 대해 강의하다가, 오웰의 문장에서 얼마나 헤밍웨이의 목소리가 많이 들리는지를 깨닫고 놀랐던 기억이 난다. '건너편 언덕들은 회색빛을 띤 데다 주름이 져 있어서 코끼리 피부 같았다.' 오웰은 1938년에 출간한 『카탈로니아 찬가』에 그렇게 썼다. '에브로 계곡 건너편 언덕들은 길고 하얗다.' 헤밍웨이가 1927년에 출간한 『흰 코끼리를 닮은 언덕』에 쓴 문장이다. '엄청나게 많은 라틴어 단어들이 사실 위를 부드러운 눈처럼 내리덮어 경계를 흐리게 하고 자세한 내용을 모두 감춰버렸다.' 오웰은 1946년에 펴낸 『정치와 영어』에 그렇게 썼다. '난 항상 성스러움, 영광스러움, 희생, 헛된 표현 등에 창피함을 느껴.' 헤밍웨이의 1929년 작품 『무기여 잘 있거라』에 나오는 대목이다. '참고 듣기 힘든 단어가 많지. 결국 장소

의 이름들에서만 존엄성을 느끼게 돼.'

헤밍웨이라는 사람에게 단어들은 큰 의미를 지녔다. 그는 단어들을 갈고 닦고, 이해하고, 그 안에 들어갔다. 스물네 살 때, 포드 매독스 포드(Ford Madox Ford)의 《트랜스애틀랜틱 리뷰》에 기고된 글들을 검토하는 일을 하면서, 그는 가끔 연습하려고 그 글들을 다시 써보고는 했었다. 출판할 수 있을 수준의 글만을 남기고 죽고 싶다는 그의 소원은 상당히 명확해 보인다. "편지를 쓸 때 항상 자기가 죽은 후에 그 편지를 사람들이 읽을 수도 있다는 사실을 잊지 말라고 포드가 말했던 기억이 납니다." 그는 1950년 아더 미즈너에게 보낸 편지에 그렇게 썼다. "그 말에 너무 큰 영향을 받아서 집에 있던 편지를 모두 태워버렸죠. 포드의 편지까지 포함해서." 수취인이 '상속 집행인에게'라고 적혀있고, 1958년 5월 20일에 썼다고 기록된 채 핀카 비히아(La Finca Vigía)* 집의 금고에 보관된 편지에서 그는 이처럼 말했다. "내가 사는 동안 쓴 어떤 편지도 출간을 원치 않는다. 그에 따라 내가 보낸 편지를 출간하지도 말 것이며, 타인이 출간하려 할 때 동의하지 말 것을 요청하는 바이다."

---

*   헤밍웨이가 쿠바에서 살았던 집을 말한다.

그의 미망인이자 상속 집행인이었던 메리 웰시 헤밍웨이는 이러한 제약으로 인해 '계속 괴로웠고 다른 사람들에게도 실망을 주게 되는' 부담을 안고 살아야만 했다고 말했으며, 결국 그의 요청을 무시하기로 했다. 그러고는 자신의 비망록 『그렇게 된 이유』에 일부 편지를 요약 발췌해서 실었고, 카를로스 베이커가 펴낸 『어니스트 헤밍웨이: 편지 모음집, 1917~1961』을 출간하도록 허락했다. '그 결정이 현명하고 옳은 것이었다는 사실은 재론의 여지가 없다'라고 베이커는 썼다. 그는 책에 실은 편지들이 '일반 독자들을 즐겁게 하고 교훈을 줄 뿐만 아니라, 문학을 진지하게 공부하는 사람들에게는 20세기 미국 문학 거장의 삶과 업적을 계속 연구하는 데 없어서는 안 될 자료가 될 것이다'라고 평가했다.

작가라는 직업의 특별한 점은 자신의 말들이 활자로 인쇄된 것을 봐야 한다는 씻을 수 없는 치욕을 피하고서는 작가가 될 수 없다는 사실이다. 출간의 위험은 삶의 엄중한 사실 중의 하나이고, 단어를 개인의 명예를 표현하는 도구로 이해하는 성향이 헤밍웨이보다 덜 한 작가라 하더라도, 출간의 위험을 염두에 두지 않고 쓴 단어들이 '문학을 진지하게 공부하는 사람들'에 의해 '계속 연구'될 자료로 공개된다는 사실을 열렬히 환영할 것으로 생각할 수는 없다. "미행을 좋아하는 사람은 아무도 없습니다." 헤밍웨이 자신도 1952년에 그런 것을 연구하는 사람에게 말했다. 편지 내용으로 볼 때 예일대학교의 찰스 A. 펜턴은 자신의 원고를 계속 헤밍웨이에게 보내 그를 괴롭히고 있었던 듯하다. 펜턴의 원고는 후에 『어니스트 헤밍웨이 되기 훈련: 초기(The Apprenticeship of Ernest Hemingway: The Early Years)』라는 제목으로 출간됐다. "아무리 학구적이고 솔직하더라도 아마추어 탐정에게 미행당하고, 조사받고, 캐묻는 대상이 되는 것을 좋아하는 사람은 없습니다. 당신도 동의하겠지요, 펜턴." 한 달 후, 헤밍웨이는 다시 한 번 펜턴을 설득하려고 시도해 본다. "프로젝트 자체를 포기해야 한다는 것이 제 생각입니다." 그러고는 이렇게 덧붙였다. "그러한 프로젝트에서 관련 인물의 협조 없이는 어떤 진실도 얻어내는 것이 불가능한데, 그런 종류의 협조는 자서전을 쓰는 것에 맞먹는 노력이 들어가는 일이지요." 몇 달 후에도 헤밍웨이는 여전히 똑같은 설득을 반복하고 있었다.

원고 처음 부분 몇 페이지, 아니 첫 페이지에서부터 사실과 다른 오류들이 너무도 많이 발견돼서, 그 부분을 모두 다시 써야 합니다. 진정한 정보를 알리려면 올겨울 내내 시간을 할애해야 할 것이고, 정작 내 저술 활동은 전혀 하지 못할 것입니다. … 또 한 가지, 지불 보증서 등을 통해 서명 안 된 내가 쓴 문헌들을 찾아낸 모양인데, 그중 어떤 글이 수정되고, 어떤 글이 편집자 손을 거쳐 다시 쓰였는지 전혀 알 방법이 없을 거예요. 작가에게는 허락 없이 초고를 수정하거나 바꿔서 자기 이름으로 출간되는 것만큼 악몽도 없을 것입니다.

사실 작가가 할 수 있는 일 중 동료 작가가 가치 없다고 생각해서 폐기를 결정한 글을 모아서 출판되는 것보다 더 나쁜 일은 상상하기가 힘듭니다.

펜턴 씨, 이 점에 관해 내 의견은 확고합니다. 이전에 보낸 편지에 그렇게 썼지만, 지금 또다시 강조하고 싶습니다. 내가 출판하지 않기를 원하는 글을 당신이 출판할 권리는 없습니다. 카드 게임에서 상대를 속인다거나, 누군가의 책상이나 휴지통을 뒤진다거나, 남의 개인적인 서한을 읽지 않는 것과 마찬가지로, 절대 해서는 안 되는 일입니다.

어느 작가가 스스로 목숨을 끊었다면 완성하지 못한 채 남기고 떠나는 원고에 대해 책임감을 느끼고 완전히 몰입하지는 않았을 것으로 추정하는 것이 맞을지는 모르지만, 헤밍웨이의 미완성 원고들을 어떻게 처리해야 할지는 별다른 의문의 여지가 없어 보인다. 그런 원고 중에는 '파리에 관한 글들'(본인이 그렇게 불렀다), 혹은 『파리는 날마다 축제』(스크리브너는 그렇게 불렀다)가 포함되었다. 이 원고는 1959년에 헤밍웨이가 스크리브너에게 보여줬다가 고쳐 쓰겠다며 다시 가져갔었다. 그뿐만 아니라 후에 『해류 속의 섬들』, 『에덴 동산』이라는 제목을 달고 출간된 소설들, 몇 편의 닉 애덤스 단편들, 헤밍웨이 미망인이 투우를 '창의적으로 다룬 글'이라고 불렀고 헤밍웨이가 세상을 뜨기 전 《라이프》지에 게재되었던 글들(이 글들은 후에 『위험한 여름』으로 출간됐다), 미망인이 '아프리카 사파리 경험을 반은 사실, 반은 허구로 기술했다'라고 설명한 글 중 1971년과 1972년에 《스포츠 일러스트레이티드》에 실은 세 편의 글도 마찬가지다.

그가 세상을 떠난 후에는 돈이 될 만한 상품들이 체계적으로 개발됐고, 그렇게 해서 출간된 작품들은 헤밍웨이 생전에 출간됐던 작품들과 종류가 다를 뿐만 아니라, 생전 작품들의 성격을 오히려 모호하게 만드는 경향이 있다. 이처럼 상품을 브랜드화하는 작업이 너무도 큰 성공을 거둬서, 심지어 올해 10월에는 《뉴욕 타임스》의 인테리어 섹션에 토마스빌 퍼니처 인더스트리라는 인테리어 용품 기업에서 '어니스트 헤밍웨이 컬렉션'을 출시했다는 소식이 실리기까지 했다. 노스캐롤라이나 하이 포인트에서 열린 국제 홈 퍼니싱 마켓에서 처음 소개된 이 컬렉션은 '케냐', '키웨스트', '하바나', 그리고 '케첨' 네 가지 테마로 나뉘었으며, 96점에 달하는 거실, 식당, 침실 가구들과 소품들로 구성되어 있다고 한다. 미국 패션 라이센싱 협회 회장 마를라 A. 메츠너는 말했다. "우리가 사는 시대에는 더는 영웅이 없습니다. 그래서 우리는 과거로 돌아가 금세기 가장 위대한 아이콘을 우리의 영웅적 브랜드로 만들었습니다." 메츠너 부인은 '헤밍웨이의 세 아들 잭, 그레고리, 패트릭과 함께 어니스트 헤밍웨이 브랜드를 만들었을 뿐만 아니라, 피츠제럴드 브랜드를 만들어달라고 요청한 F. 스콧 피츠제럴드 손주들의 에이전트로 일하고 있다'라고 《뉴욕 타임스》지는 전했다.

이것이 사후 마케팅의 당연한 결과라는 사실을 메리 웰시 헤밍웨이는 명확히 예측하지 못한 것이 틀림없다. 헤밍웨이 생전에는 메리도 A. E. 하치너의 마케팅 욕구에 별다른 반응을 보이지 않았다. 하치너와 헤밍웨이 사이에 13년 동안 오간 서신들을 보면,

하치너는 글을 쓰는 데 어려움을 겪고 있는 헤밍웨이를 그가 쓴 편지에서 암시하는 것처럼 너무 다작한 절박한 인물로 봤다기보다는, 무한대의 자원, 채굴을 기다리는 광산, 다양한 드라마, 영화, 출판물 등으로 포장될 '프로젝트'의 대상으로 여겼다는 것을 알 수 있다. 메리는 하치너의 『파파 헤밍웨이』 출간을 막으려고 시도했다. 서신들로 볼 때 헤밍웨이 자신은 하치너를 신뢰했지만, 메리는 자신의 비망록에서 그를 단순한 조수, 원고를 이리저리 전달하는 심부름꾼, 숙소를 구해서 준비해 주는 사람, 군중 장면에서의 젤리그* 같은 환영으로 그렸다. '**일 프랑스**호가 3월 27일 정오, 허드슨강 부두에 정박한 후, 릴리안 로스, 알 호로비츠, 하치너 등등 몇 명과 함께 내가 제일 좋아하는 찰리 스위니가 부두에서 기다리고 있는 것을 알고 우리는 뛸 듯이 기뻤다.'

글쓴이의 출중한 능력과 전략적 무능력이 당황스럽게 섞인 채 드러나는 부분〔그는 파리가 나치에게서 해방되는 날 도착해서 리츠 호텔에 방을 구하는 데 성공하

---

* 젤리그는 우디 앨런 감독이 1983년에 만든 영화 〈젤리그〉 속 주인공을 말한다. 주인공 '레오나르드 젤리그'는 주변 사람들의 모습이나 성격, 행동 등을 모방하는 능력을 지닌 인물이다. 타인들과 상호작용하여, 배경에 스며들 듯 자연스럽게 여러 상황에 녹아드는 사람이다.

는 수완을 보이지만, 핀카 비히아의 식당 조명을 어떻게 고칠지는 완전히 어리둥절해한다]이 가장 흥미로운 포인트인 그 비망록에서 메리 웰시 헤밍웨이는 반대 증거가 상당한데도 헤밍웨이 작품의 '다는 아니더라도 일부는' 자기가 출간하기를 헤밍웨이 본인도 '명백히' 바랐을 것이라는 확신을 밝힌다. 이 임무를 수행하는 데 메리가 적용한 가이드 라인을 보면 많은 것을 짐작할 수 있다. "문장 부호, 깜빡 실수로 빠트린 것이 분명한 'and'와 'but' 등을 덧붙이는 것을 제외하고는 모든 산문과 시를 헤밍웨이 본인이 쓴 그대로 독자들에게 보여주고, 공백 또한 있는 그대로 둔다."

흠, 그런데 말이다. 문장 부호를 중요시하는 사람도 있고, 그렇지 않은 사람도 있다. 헤밍웨이는 문장 부호를 중요시했다. 'and'와 'but'을 중요시하는 사람도 있고, 그렇지 않은 사람도 있다. 헤밍웨이는 'and'와 'but'을 중요시했다. 같은 글을 출판에 적합하다고 생각하는 사람이 있고, 그렇지 않은 사람도 있다. 헤밍웨이는 그 글들이 출판에 적합하다고 생각하지 않았다. "이걸로 끝이에요. 더 이상의 출판은 없을 것입니다." 찰스 스크리브너 3세는 1999년 7월, 헤밍웨이

탄생 100주년을 기념하는 '헤밍웨이 소설' 출판을 《뉴욕 타임스》에 발표하면서 그렇게 말했다. 이 작품은 1954년 작가와 메리 웰시 헤밍웨이가 케냐 사파리 여행에서 돌아온 때부터 1961년 그가 자살로 생을 마감할 때까지 썼다가 말았다가를 반복한 소설이라고 알려졌고, 제목 『여명의 진실』은 본문의 문장에서 발췌한 것이다('아프리카에서는 여명에는 진실로 보이던 것이 정오에는 거짓이 되어서, 결국 태양으로 달궈진 소금 평원 건너편에 보이는 아름다우면서도 완전히 잡초로 둘러싸인 호수를 향한 정도의 존중심마저도 지니지 않게 된다.')

이 '아프리카 소설'은 처음에는 집필 초기의 모든 소설이 보이는 특징인 어려움과 저항감만 보인다. 1954년 9월, 헤밍웨이는 버나드 버렌슨에게 쿠바에서 편지를 보내 자기가 하는 작업에 에어컨이 끼치는 악영향에 관해 하소연한다. "글을 쓰기는 하지만 거짓이라는 느낌이 드네. 온실을 뒤집어 놓은 환경에서 쓴 글이니 말이야. 아마 다 버려버릴지도 모르지만, 어쩌면 다시 살아 숨 쉬는 아침이 오면, 내가 써놓은 뼈대에 냄새와 새벽 새소리와 이 핀카의 모든 아름다움으로 살을 붙일 수 있을지도 몰라. 선선한 계절이 되면, 이곳도 아프리카와 많이 비슷해지니까 말이야." 1955년 9월 그는 버렌슨에게 다시 편지를 보냈다. 새로 산 타자기로 쓴 이 편지에서는 이전에 쓰던 타자기를 사용할 수 없다고 설명한다. "594페이지나 되는 [아프리카] 책이 들어있기 때문일세. 먼지가 앉지 않도록 커버로 씌워뒀는데, 그 페이지들을 꺼내면 불운이 닥칠 수도 있어." 1955년 그는 《뉴욕 타임스》의 하비 브레이트에게 "지금 689페이지째 쓰고 있으니 행운을 빌어 주세요"라고 말했다. 그리고 1956년 1월, 그는 자기 변호사 알프레드 라이스에게 쓴 편지에서 810페이지까지 썼다고 언급했다.

그러다가 서간문집 『마지막 못다 한 이야기』에 실린 편지들에는 이 아프리카 소설 문제에 대한 언급은 전혀 없이 침묵만 흐른다. 이미 810페이지를 썼건 아니건 간에, 작가라면 누구나 자기가 쓰고 있는 글이 책으로 출판될 수 없겠다는 것을 깨닫는 시점이 오고, 그 글을 작품이 되게 만드는 데 필요한 에너지와 기억력과 집중력이 자기에게 있는지 없는지도, 작가라면 누구나 알고 있다. "상황이 최악이고, 감당할 수 없다고 느껴지는 순간일지라도 **그냥 계속 가는 수밖에** 없지요. 소설을 쓸 때 할 수 있는 일은 단 한 가지밖에 없습니다. 바로 그 빌어먹을 작업의 끝까지 곧장 밀고 나아가는 거지요." 1929년 헤밍웨이는 1934년에 『밤은 부드러워』라는 제목으로 나올 소설을 쓰다가 글이 막힌 F. 스콧 피츠제럴드에게 보낸 편지에 이렇게 적었다.

1929년, 헤밍웨이는 서른 살이었다. 그의 집중력, 혹은 '상황이 최악이고, 감당할 수 없다고 느껴지는 순간일지라도 그냥 **계속 가는**' 그의 능력이 아직 왕성했기 때문에 1928년 12월 아버지 자살에 따른 후유증, 어머니, 16세의 여동생, 13세의 남동생에 대한 걱정과 싸우면서도 『무기여 잘 있거라』를 계속 다시 쓸 수 있었다. "물론 지금 내가 해야 할 일은 걱정하는 것이 아니라 일을 해서, 책을 제대로 끝내는 것이라는 사실을 깨달았습니다. 그렇게 해서 돈이 벌리면 가족을 도울 수도 있겠지요." 이것은 헤밍웨이가 아버지의 장례식을 치르고 며칠 지나지 않아 맥스웰 퍼킨스에게 보낸 편지의 일부분이다. 이 편지를 쓴 후 6주 만에 그는 완성된 원고를 보냈다. 당시 한 번의 결혼이 이혼으로 끝난 후였지만, 뒤따른 두 번의 파국은 아직 경험하지 않은 상태였다. 1954년에 있었던 두 차례의 비행기 추락 사고로 간, 비장, 콩팥 한 개가 파열되고, 장 아랫부분이 손상되고, 척추가 무너지고, 얼굴과 머리에 1도 화상을 입고, 뇌진탕과 시력, 청력 상실을 겪은 몸으로 살아야 하기도 전이었다. "알프레드, 그해는 비행기 사고로 부상 입기 전부터도 굉장히 힘든 해였다네." 그는 아프리카 사파리 여행에 든 돈을 세금 신고 시 비용 처리하는 문제에 의문을 제기한 알프레드 라이스에게 이렇게 썼다.

하지만 내게는 다이아몬드 광산이 있어. 사람들이 날 내버려 두고, 내가 푸른 진흙에서 원석을 파내어서 그것을 다듬을 기회를 주기만 한다면 말이야. 그렇게 할 수 있으면, 감가상각분까지 세금 절감 혜택을 받는 어느 텍사스 석유회사 사장보다도 정부에 더 많은 돈을 벌어줄 수 있을 텐데. 하지만 난 견딜 수 있는 정도보다 더 많이 두들겨 맞은 후에도 아직 살아있고, 이제 회복하는 데 꾸준히 힘쓴 다음 다른 걱정은 모두 머리에서 지우고 글을 쏠 걸세.

"글을 쏜다는 것은 글자 그대로 자기 몸의 생리, 혹은 신진대사와 연결되어 있습니다. 완전한 정지 상태에서 시작하여 자기 자신을 가속해 뇌에서 질서 잡힌 단어들이 쏟아져 나오는 시점까지 끌어올려야 하지요. 모든 글쓰기는 최소한의 자기애를 추동력으로 합니다. 내가 이야기하는 방법 말고는 하고자 하는 이야기를 달리 전할 길이 없다는 권위적인 위치를 점해야 하니까요. 예를 들어, 글이 막히는 것은 자기

애를 잃은 것에 지나지 않습니다." 노먼 메일러는 한 인터뷰에서 이렇게 말했다. 1956년 8월, 헤밍웨이는 찰스 스크리브너 2세에게 '벌서듯 엄격하게 글을 쓰지 않고서는 아프리카 소설 작업을 다시 시작하는 것이 불가능'해서 단편 소설들을 쓰고 있다고 알렸다.

1958년 11월, 그는 자녀 중 한 명에게 케첨에서 겨울을 보내는 동안 '책을 끝내고 싶다'라고 말했지만, 그가 말하는 '책'은 '파리에 관한 글들'이었다. 1960년 4월에는 스크리브너에게 아직 제목을 붙이지 않은 파리 책을 가을 출간 예정 서적 목록에서 제외하라고 말했다. "우리가 출판할 책이 한 권도 없다고 생각할 사람이 꽤 많겠지. 스콧이 아웃라인만 써놓고 책을 끝내지도 못할 거면서 돈을 빌려 간 것처럼 말일세. 하지만 자네도 알다시피 내가 글을 더 다듬기를 원치 않았다면, 메리가 타자 쳐놓은 지금 원고 그대로 몇 군데만 고쳐서 바로 출판할 수도 있을 걸세." 그로부터 10개월 후, 세상을 뜨기 5개월 전, 미네소타주 로체스터의 마요 클리닉에서 두 번의 충격 요법 치료를 받는 사이에 스크리브너 출판사의 편집자에게 보낸 편지에서 놀랍게도 헤밍웨이는 그가 진행 중인 작업에 관해 설명한다.

지금까지 쓴 글을 챕터별로 정리해 봤더니 열여덟 개 챕터가 되는군요. 현재 마지막 챕터—챕터 19—를 쓰고 있고, 제목도 고민 중이에요. 매우 어려운 일이군요. (늘 그렇듯 문제점을 적자면 리스트가 아주 깁니다. —전부 어딘가 이상한 데가 있지만, 꾸준히 작업해 나가고 있습니다— 파리를 너무 자주 써서 모든 것을 가려버리고 마네요.) 타자 친 원고 분량은 다음과 같습니다. 7, 14, 5, 6, 9½, 6, 11, 9, 8, 9, 4½, 3½, 8, 10½, 14½, 38½, 10, 3, 3: 총 177쪽 + 5½쪽 + 1¼쪽.

꽤 오래전, 버클리대학교에서 열린 저녁 만찬 자리에서 어느 영문학 교수가 『라스트 타이쿤』은 F. 스콧 피츠제럴드가 글을 잘 쓰지 못하는 작가라는 것을 보여주는 반박할 수 없는 증거라고 주장하는 것을 들은 기억이 있다. 너무도 확신에 찬 채 그렇게 평가 내리는 것에 놀란 나머지, 나는 한참 동안 그의 의견이 그날 저녁의 기본 전제처럼 받아들여질 만큼 넋을 놓고 보다가, 겨우 반대 의견을 내놓을 수 있었다. 나는 『라스트 타이쿤』이 그의 미완성 유작이기 때문에 절대 그걸로 평가할 수는 없다고 말했다. 피츠제럴드가 결국 그 작품을 어떻게 완성했을지 우리가 알 길이 없기 때문이다. 또 다른 손님이 '하지만 우리가 알고 있지 않냐'라고 말했고, 다른 사람들도 그 사람의 말에 동조했다. 우리가 피츠제럴드의 '메모'와 '아웃라인'을 가지고 있으니, '작품에 대한 계획을 완전히 알고 있지 않느냐'라는 논리였다. 다시 말해, 그날 식탁에 둘러앉은 사람 중 책을 쓰는 것과 메모하고, 아웃라인을 쓰고, 계획하는 것 사이에 상당한 차이가 있다고 생각하는 사람은 나 한 사람밖에 없었다.

영화 역사상 작가에게 있어서 가장 소름 끼치는 장면은 아마 영화 〈샤이닝〉에서 남편이 작업해 온 원고를 셜리 듀발이 본 순간이었을 것이다. 수백 페이지에 달하는 그 종이 위에는 반복해서 이와 같은 단 하나의 문장이 타이핑되어 있었다. "일만 하고 놀지 않으면 바보가 돼."『여명의 진실』이라는 제목으로, 결국 출간된 책은 헤밍웨이가 처음 탈고했을 때 850페이지였다. 출판하기 위해 편집이 끝났을 때 원고량은 절반으로 줄어있었다. 편집 작업은 헤밍웨이의 아들 패트릭이 맡았는데, 그는 내용을 축약하고(축약 작업을 해본 사람은 알겠지만, 이 과정은 작가의 원래 의도를 변질시키는 불가피한 결과를 낳을 수밖에 없다), 일부 지명을 바꾸는('참고 듣기 힘든 단어가 많지. 결국 장소의 이름들에서만 존엄성을 느끼게 돼'라고 썼던 작가의 작품에 대한 논리적인 대응이라고 볼 수도 있고, 그렇지 않을 수도 있다) 것 말고는 다른 편집을 하지 않았다고 말했다.

세상을 뜬 작가들의 미완성 작품을 어떻게 해야 하는가, 하는 문제에 대한 답은 보통 작가의 유언을 존중했더라면 영원히 세상의 빛을 보지 못했을 작품들을 열거하는 것으로 대신하는 것이 관습처럼 받아들여져 왔다. 베르길리우스의 『아이네이드(Aeneid)』가 대표적으로 거론된다. 프란츠 카프카의 『심판』과 『성』도 언급된다. 1951년, 죽을 수밖에 없는 인간으로서의 운명을 절감한 것이 분명한 헤밍웨이는 자신이 몇 년에 걸쳐 작업해 온 4부로 된 긴 소설의 일부가 사후 출판이 가능할 정도로 '완성'됐다고 판단하고, 원하는 조건을 구체적으로 내걸었다. 그 조건에는 편집이라는 침해 행위를 허용한다는 부분이 없었고, 완성되지 않은 첫 번째 장은 출판하지 말라는 구체적인 명시가 포함되어 있었다. "마지막 두 장은 줄이거나 삭제할 필요가 전혀 없어요." 1951년 찰스 스크리브너에게 쓴 편지에서 헤밍웨이는 그렇게 밝혔다. "세 번째 장은 상당히 많이 줄여야 하겠지만, 그야말로 조심스럽게 외과 수술하듯 잘라내야 할 겁니다. 내 사후에 출판할 거면 편집하지 않고 바로 내도 되고… 뒤쪽 세 장을 따로 출판할 수 있다는 편지를 쓰는 이유는 혹시라도 내가 사고, 또는 다른 이유로 죽게 될 경우, 첫 번째 부분은 출판할 정도 수준으로 완성하지 못할 것 같아서예요."

헤밍웨이는 이듬해에 직접 그 원고의 네 번째 장을 독립적으로 출판했는데, 그 책이 바로『노인과 바다』다. 원고의 '첫 번째 부분', '출판할 만한 수준으로 완성하지 못한' 부분은 그가 죽은 후 고인의 뜻과는 상관없이『해류 속의 섬들』의 일부로 출판됐다. '아프리카 소설', 다시 말해『여명의 진실』의 경우, 850페이지였던 원고를 작가가 아닌 다른 사람이 반으로 줄였으니 작가가 의도했던 바와는 전혀 상관없는 작품이 되어버렸을 테지만, 이야깃거리, 사파리를 떠난 작가가 와캄바 신부를 얻은 부분이 '실제' 사건에 기초한 것인지에 대한 심심풀이용 논란거리를 제공하는 역할은 하게 됐다. 허구적 소설이 로망 아 클레(Roman a Clef, 실화 소설)나 자서전 자료가 전혀 아니라는 사실을 이해하지 못하는 독자들의 경향이 점점 더 받아들여질 뿐만 아니라 심지어 장려되고 있다. 헤밍웨이의 원고를 출판한다고 발표하면서《뉴욕 타임스》는 패트릭 헤밍웨이의 그럴싸하지만, 말도 안 되는 반응을 인용했다. "'어니스트 헤밍웨이가 그런 경험을 했을까요?' 패트릭은 몬태나주 보즈만에 있는 자택에서 이 질문에 답변했다. '제가 아는 사실만을 기초로 해서 말할 수밖에 없고, 제가 모든 것을 안다고 할 수는 없지만, 대답은 아니요, 입니다.'"

이는 허구적 소설의 개념 자체를 부인하는 대답이다. 완성되지 않은 글을 출판하는 행위가 작품을 완성하는 것이 작가의 역할이라는 사실을 부정하는 것과 마찬가지로. 이미 출판된 『여명의 진실』의 발췌문은 아직 채 만들어지지 않은 것, 메모, 스케치하는 과정에 있는 장면들, 떠올리기는 했으나 아직 제대로 쓰이지 않은 단어들 정도로만 읽힐 뿐이다. 여기저기 마음을 사로잡는 부분들이 언뜻언뜻 보이고, 작가가 망한 부분이라고 생각했었을 법한 부분도 조각조각 눈에 띄었다. 그리고 이해심 있는 독자는, 작가가 세상을 뜨지 않았더라면(다시 말해, 작가가 의지와 에너지와 기억과 집중력을 동원할 수 있었더라면), 이 재료를 잘 빚고 언뜻 보인 부분들을 이야기로 잘 엮어 작품을 완성해 냈을 수도 있었을 것이라는 사실을 믿을 것이다. 자기가 사랑한 장소에 다시 찾아간 남자가 자신은 그 장소를 좋아하던 사람이 더는 아닌 것뿐만 아니라, 이제는 과거에 자신이 되려고 했던 사람이 절대 될 수 없을 것이라는 사실을 새벽 세 시에 깨달은 이야기 말이다. 하지만 물론 이 작가에게 그것은, 결국 가능성이 없는 일이었다. 이미 1936년에 『킬리만자로의 눈』이라는 제목으로 그에 관한 이야기를 썼기 때문이다. '이제 그는 잘 쓸 수 있을 정도로 충분히 알기 전까지는 쓰지 않겠다며, 아껴두었던 그것을 쓰지 않을 것이다.' 『킬리만자로의 눈』에 등장하는 작가는 아프리카에서 괴저병으로 죽어가면서 그렇게 생각한다. 그러다가 문득 생각난 듯 덧붙이는 그다음 문장은 그야말로 슬프기 그지없다. '하긴, 그는 그 글을 쓰려다가 실패할 일도 없을 것이다.'

12

에브리우먼 닷컴

당시 박사학위 과정을 밟고 있던 케리 오가타가 '논문 쓰기 싫어서 딴청 부리는 기술'의 일환으로 만들었다가 현재 웹사이트를 관리하는 사람들에게 넘긴 '마사 스튜어트 웹 가이드—비공식 웹사이트!(Martha Stewart—The UNOFFICIAL Site!)'에 따르면, 올해 58세인 '마사 스튜어트 리빙 옴니미디어 LLC'의 회장 마사 스튜어트는 하루에 필요한 수면시간이 4시간밖에 되지 않으며, 그렇게 아낀 시간을 고양이 여섯 마리를 돌보고 번개처럼 정원을 가꾸는 데 쓴다. 사무실에서는 애플 데스크톱 컴퓨터를 선호하지만, 개인적으로는 파워 북을 쓰며, 웨스트포트에 있는 집과 이스트 햄프턴의 두 집, 맨해튼에 있는 아파트 사이를 오갈 때 GMC 서버번(기사가 운전함)이나 재규어 XJ6(손

수 운전함)를 이용한다. 뉴저지주 너틀리에서 폴란드계 미국 가족의 여섯 자녀 중 둘째로 자랐고, 슬하에는 딸 알렉시스가 있다. 마사와 26년의 결혼 생활 끝에 '원만하지 못한' 이혼을 한 전 남편 앤드루 스튜어트(웹사이트에서는 '앤디'로 통함)는 이혼 후 '자기보다 스물한 살 어린 마사의 전 조수와 결혼했다.'

이 웹사이트의 '의견'란에 글을 올리는 사람들은, 좋은 친구들이 늘 그렇듯 앤디의 변절에 엇갈린 감정들을 내비친다. 앤디의 배신은 마사가 **마사 스튜어트 웨딩** 홍보를 위해 각지를 여행하고 있던 1987년에 일어났는데, 한 책의 서문 중 1961년 저자 본인의 결혼식에 관해 언급한 부분에서는 일종의 선견지명이 엿보인다. '나는 세상 물정 모르는 열아홉의 버나드대학교 학생이었고, 앤디는 예일 법대를 막 다니기 시작한 때였다. 그래서 컬럼비아대학교의 세인트폴 채플에서 성공회식으로 결혼하는 것이 적합하다고 생각했다. 달리 갈 곳이 없었던 것도 큰 이유였다.' 마사는 그렇게 쓰고, 웨스트 38번가에서 산 스위스제 오건디 천으로 자기와 어머니가 만든 웨딩드레스 사진을 함께 실었다. '마사'와 '앤디', 심지어 이혼 당시 엄마 편을 들었던 '알렉시스'의 입장에 대한 온라인 논쟁은 놀라울 정도로 익숙한 패턴을 띤다. "그건 그렇고 난 앤디를 욕하고 싶진 않아요." 한 누리꾼이 말한다. "그 사람도 참을 만큼 참았다고 생각해요. 알렉시스가 부모 중 한 사람을 골라야 한다고 생각하는 건 유감이에요." 또 다른 누리꾼은 이와는 다른 견해를 밝힌다. "나 자신도 일주일에 50시간을 일하고, 가끔 모든 일을 해낼 시간이 없다는 거 인정해요. 하지만 마사가 처음 시작했을 때는 시간제로 일하면서 알렉시스를 키우고, 앤디 그 나쁜 놈을 위해 가정을 꾸려나갔잖아요(마사를 버린 걸 후회하고 있을 게 틀림없어요)."

'비공식 웹사이트!'가 말 그대로 비공식이어서 '마사 스튜어트, 마사 스튜어트 매니지먼트 회사, 마사 스튜어트 리빙 옴니미디어 LLC를 비롯한 어떤 마사 스튜어트 사업체와도 관련이 없고' 주인공의 다재다능함과 유능함을 비교적 가볍게 다루고 있지만("마사가 못 하는 건 무엇일까? 마사의 대답은 이렇다. '행글라이딩은 못 하고요, 옷 쇼핑하는 것도 싫어해요.'") 이 웹사이트가 마사의 목표에 반대하거나 방해가 되는 것으로 이해해서는 절대 안 된다. 마사 스튜어트 리빙 옴니미디어에서 지난 10월 대중들에게 1차로 공개한 설립 취지에 따르면, 마사의 목표는 "마사만의 '하우 투' 콘텐츠와 정보를 최대 다수의 대중에게 제공하고,

마사 스튜어트 제품과 아이디어를 접하는 사람들이 '실행에 옮기는 사람들'로 변화하는 것을 돕기 위해 '마사 스튜어트 방식'의 독창적인 DIY를 하는 데 필요한 정보와 제품들을 소개"하는 것이다. '비공식 웹사이트!'를 만들고 이용하는 사람들은 웹사이트의 주인공과 특별한 관계를 느끼고 있는 것이 명백하다. 같은 정신으로 만들어진 다른 비공식 웹사이트나 사제 웹사이트들도 마찬가지다. '마이 마사 스튜어트 페이지', 혹은 부모와 함께 사는 십 대들에게 마사의 가르침에서 힌트를 얻어 부모를 놀라게 하지 않고 자기 방을 고딕풍으로 꾸미는 방법을 알려주는 '고딕 마사 스튜어트' 등이 좋은 예다.

　'마사는 벼룩시장 같은 곳에서 오래된 침구, 식탁보 같은 것들이나 곱게 닳은 가구를 찾는 걸 즐깁니다.' '고딕 마사 스튜어트' 웹사이트에서는 이렇게 사용자들을 일깨워 준다. '마사는 집에서 쓰는 커튼과 침구들을 직접 바느질해서 만들어 내는 경우가 많아요. 크고 작은 물건들을 실험적인 방식으로 페인트칠하면서 다양한 시도를 하기도 합니다. 꽃이라면 생화, 드라이 플라워 모두 사랑하죠. … 마사가 비싼 물건들로 둘러싸인 것처럼 보이지만, 아이디어 대부분은 천 조각이나 중고 접시처럼 단순하고 저렴한 재료를 사용해서 나온 것들입니다.' '마이 마사 스튜어트 페이지'를 만든 사람들은 심지어 '한심할 정도로 꼼꼼한' 마사의 성향들, 예를 들어 설거지 세제 용기의 상태까지도 신경 쓰는 그녀의 성향에서마저도 뭔가를 배울 수 있다고 주장한다. '그런 걸 보면, 마사 걱정이 돼요. … 물론 이런 이상한 면 때문에 그녀를 사랑하게 되는 것 같기도 해요. 마사는 내가 이상한 사람이 아니라는 것, 우리가 모두 정상이라는 것을 깨닫게 해줍니다. … 그녀는 완벽해 보이지만, 완벽하지 않거든요. 집착적이고, 허둥거리고, 나로서는 상상할 수 없을 정도로 만사를 다 제어할 수 있어야 성이 풀리는 사람이지요. 그런 그녀를 보면서 두 가지를 배웠어요. 첫째, 누구도 완벽하지 않다. 둘째, 모든 일에는 대가가 따른다.'

이 모든 것에서 독특한 유대감이 느껴진다. 상품화의 관습적 규칙을 벗어난 독점적인 친밀감으로 사업의 중심인 '마사 스튜어트라는 브랜드', 마사 본인이 '존재감'이라고 부르고 싶어 하는 브랜드 정신과 연결되는 유대감 말이다. 《마사 스튜어트 리빙》과 《마사 스튜어트 웨딩》 두 잡지는 백만 명에 달하는 독자층을 거느리고 있고, 그녀가 집필한 27권의 책은 8백5십만 부가 팔렸으며, 주중에 진행되는 라디오쇼는 270개 라디오 방송국을 통해 전파를 타고, 독립 제작해서 언론에 판매되는 「마사에게 물어봐요(Ask Martha)」 칼럼은 233개 신문에 게재된다. 이에 더해, 마사는 CBS, CBS 모닝쇼, 케이블 티비 쇼〔**마사의 부엌에서(From Martha's Kitchen)**는 '푸드 네트워크' 케이블 방송사의 주중 프로그램 중 25세 이상, 54세 이하의 연령층 여성들 사이에서 가장 인기 있는 프로그램으로 꼽힌다〕 등을 누비며 일주일에 여섯 차례씩 텔레비전 방송에 등장한다. 그런가 하면, 그녀의 웹사이트(www.marthastewart.com)는 등록된 사용자만 백만 명이 넘고, 한 달 평균 클릭 수가 627,000회 정도이며, K마트, 시어스, 셔윈-윌리엄스(작년 한 해 동안 K마트 한 곳에서만도 10억 달러어치가 넘는 마사 스튜어트 상품이 팔렸다) 등과 상품 협찬 관계를 맺고 있다. 우편 판매도 있어서〔마사 바이 메일(Martha by Mail)〕 2천8백여 종의 상품을 카탈로그를 보고 주문하거나(매년 11종, 천5백만 부가 발행된다) 매력적인 디스플레이를 자랑하는 웹사이트에서 유혹에 빠지지 않을 수 없도록 체계적으로 만들어진 링크를 타고 상품을 구매할 수 있다. 카탈로그를 살짝 펴보니 '밸런타인데이'란에서만도 밸런타인데이 화관, 밸런타인데이 선물 백, 장식만 올리면 되는 쿠키, 하트 모양 케이크 틀, 하트 모양 디저트 국자, 하트 모양 리본 장식, 하트 모양 팬케이크 틀, 레이스 종이 밸런타인데이 키트 등이 실려있다.

　이 상품들은 저렴한 것들이 아니다. 레이스 종이 밸런타인데이 키트에는 '약 40장'의 카드를 만들 수 있는 카드 종이와 레이스 종이가 들어있다. 시간과 노동력을 들여야 한다는 점을 고려하면 42달러를 주고 사기에 아깝다는 생각이 든다. '케이크와 케이크 스탠드' 페이지에 실린 홀리데이 케이크 스텐실 세트는 케이크를 장식하는 데 쓰일 파우더 설탕, 혹은 코코아 가루와 함께 9인치짜리 플라스틱 스텐실 8개를 넣어서 28달러에 판매한다. '마사의 꽃' 페이지에는 뉴욕의 로지스 온리 꽃집에서 열두 송이에 18달러에 파는 월계화 25송이가 52달러에 올라와 있다. 꽃들을 꽂아 둘 '추천 꽃병'으로 제시된 것 중 큰 것을 사려면, 추가로 72달러를 지출해야 한다. 웨딩 페이버*를 만드는 데 쓰는 가장자리가 꽃잎 모양인 지름 8¾인치짜리 원형 튤(Tulle) 50개에 18달러, 그리고 완성된 웨딩 페이버를 묶는 데 쓸 바이어스 리본(링크로 연결돼서 따로 판매)은 6개 색상이 포함된 '바이어스 리본 컬렉션'으로 포장돼서 56달러에 살 수 있다. 바

---

* 　결혼식에 참석하는 남자들이 차는 흰 꽃 모양의 리본을 말한다.

이어스 리본은 소매점에서 몇 푼 안 되는 싼 가격에 살 수 있다. 그리고 저렴하다고는 절대 할 수 없는, 뉴욕 웨스트 52번가에 있는 패론에서도 108인치짜리 너비의 튤을 1야드에 4달러에 판다. 꽃 모양의 원형 튤 50개를 만들려면 108인치 튤 1야드에 조금만 더 있으면 되기 때문에, 마사 웹사이트의 온라인 구매자는 '마사'라는 이름값을 톡톡히 내는 셈이다. 누구에게나 익숙했던 DIY라는 개념을 손수 무엇을 만드는 것도 아니고, 비싼 전문가를 고용해서 하는 것도 아닌 그 중간 어느 지점 미개척지로 끌고 간 것이 마사의 천재성이다.

다시 말해서, 이 10억 달러 규모의 기업에서 생산하는 유일한 실제 상품은 마사 스튜어트뿐이다. 놀라울 정도로 성공을 거두었던 10월 주식 신규 상장을 위해 마사 스튜어트 리빙 옴니미디어가 준비했던 사업설명서에서도 이 평범치 않은 비즈니스 상황을 인정하고 있다. '만일 마사 스튜어트의 공적 이미지에 오점이 생기거나 평판에 문제가 생기면, 기업 영업에 부정적 영향이 발생할 것이다.' 사업설명서의 '위험 요소' 부분에 언급된 내용이다. '마사 스튜어트, 그녀의 이름, 그녀의 이미지, 트레이드 마크, 이와 관련된 지적 소유권은 기업의 마케팅 전략에 매우 중요한 요소이며, 브랜드 이름의 핵심이다. 따라서 기업의 계속적 성공과 브랜드의 가치는 많은 부분 마사 스튜어트의 평판에 달렸다.'

단 한 명의 살아있는, 그러므로 취약성을 가진 인간에게 브랜드 전체의 운명을 거는 데 따르는 위험성에 대해서는 상장 당시 활발한 토론이 이루어졌었다. 그리고 마사 스튜어트가 병에 걸리거나 죽는다면 (사업설명서에는 '마사 스튜어트가 제공하는 서비스가 줄거나 없어질 경우'라고 표현되었다), 어떻게 될 것인지 하는 문제에 대해서도 아직 결론이 나지 않았다. "그 부분이 항상 문제였어요." 타임 Inc. 회장 돈 로건은 《로스앤젤레스 타임스》와 1997년에 진행한 인터뷰에서 그렇게 말했다. 타임 워너사가 단 한 사람의 인물을 중심으로 만들어진 기업을 확장하는 것에 계속 저항감을 보이자, 마사 스튜어트가 '내부적으로 조성한 자금'이라고 부른 5천3백3십만 달러로 타임 워너사 지분을 모두 사들인 지 몇 달 후 진행된 인터뷰였다. "이제는 정보를 믿고 받아들일 수 있는 분야에서 적절한 기업 운영이 되고 있다고 생각합니다." 마사 스튜어트는 그렇게 주장했다. 그리고 실제로도 사업을

확장하고 그녀의 이름을 반복적으로 사용하는 전략
—모든 상품에 '마사 스튜어트'라는 이름을 달아 판
매하고, '마사 스튜어트 에브리데이' 광고를 내보내는
전략—, 바로 타임 워너사를 걱정시켰던 그 전략이야
말로 역설적으로 이 모든 사업의 배후에 있는 중심
인물을 잃는다 해도 브랜드를 보호하는 데 가장 최
적화된 전략이라는 사실이 명확해 보였다.

　이와 관련된 또 다른 문제, 즉 '마사 스튜어트'의
공적인 이미지와 평판에 손상이 갈 경우, 어떻게 될
까 하는 문제는 그렇게까지 걱정하지 않아도 될 듯하
다. 마사 스튜어트의 공적인 이미지와 평판에 손상이
가는 것이 가능한 일인지, 그 질문에 대해서는 1997
년에 출판되어 《뉴욕 타임스》 베스트셀러가 된 『저
스트 디저트(Just Desserts)』를 통해 이미 충분히 답
을 얻었기 때문이다. 마사 스튜어트의 비공인 전기
인 이 책의 저자 제리 오펜하이머는 이미 록 허드슨,
바바라 월터스, 에델 케네디 등의 비공인 전기를 써
낸 작가로, 『저스트 디저트』의 서문에 이렇게 밝혔
다. '면밀히 사실을 밝혀보고자 하는 의욕이 솟구쳤
다. … 그녀의 이야기들이 사실이라면 대중에게 완벽
을 선사한 한 완벽한 여성에 관한 책이 탄생할 것이
다. 그 이야기들이 사실이 아니라면, 신화를 깰 책이

탄생할 것이다.'

　면밀히 사실을 밝혀보고자 하는 의욕이 솟구친 오펜하이머는 마사가 '야심 찬 사람'이라는 사실을 발견했다. 거기에 더해 마사는 가끔 '이야기를 일부만 전하는' 경향이 있다. 마사는 상황이 계획한 대로 풀리지 않으면 '버럭 소리 지를' 때도 있다. 하지만 오펜하이머가 지적한 이러한 성향은 장단점 모두로 작용할 수 있다. 예를 들어, 마사는 자기가 직접 구운 블루베리 파이까지 넣어서 손수 꾸린 완벽한 셰이커 스타일 소풍 바구니를 같이 일하던 출장 요리 회사 직원이 차를 후진하다가 깔아뭉개자, 비명을 지르기 시작했다는 일화가 전해져 내려온다. 이와 비슷한 또 하나의 일화는 휴가 특집 방송 녹화 중 훈제실에 불이 나서 녹화가 중단됐을 때 벌어진 일이었다. 그녀는 '정신을 잃을 정도로 흥분해서' 훈제실까지 자기가 직접 끌고 간 호스가(별로 대수로운 일이 아니라는 태도의 촬영팀과 걱정되는 척만 하는 가족들, 비아냥거리는 부엌 조수들, 그리고 마초스러운 브라질 출신 관리인이 뒤따라오는 가운데) 너무 짧다는 것을 깨달았다. 정원 다른 쪽에 있는 집까지 뛰어가 연장 호스를 가지고 와서 불을 끈 후 당연히 관리인과 언쟁이 벌어졌고, '그가 말대꾸하자, 마사는 그 자리에서 모든 사람이 보는 앞

에서 관리인을 해고했다.'

공개된 다른 단점 중에는 젊은 시절 가족생활을 이상적으로 그린다는 점(34쪽), '모든 것'을 미화한다는 점(42쪽), 열한두 살 먹은 맞수가 초콜릿케이크 요리법을 묻자 중요한 재료를 빼고 가르쳐준 일(43쪽), 낸시 드루와 체리 에임스 등의 대중적인 하이틴소설의 열렬한 팬이었음에도 《마사 스튜어트 리빙》 독자들에게 어렸을 때 자기는 '고급 문학의 열쇠가 무엇인지 탐구했다'라고 거짓말한 일(48쪽), 너틀리고등학교의 문학 잡지에 쓴 서평 중 윌리엄 새커리의 『배니티 페어』 서평에서 'Villainous(악랄한)'의 철자를 틀린 일(51쪽), 〈래리 킹 라이브〉라는 방송 프로그램에 출연해서 콴자(Kwanza)*가 무엇인지 물었어야 했던 일(71쪽) 등등. 거기에 더해 해리 윈스턴에서 앤디가 고른 다이아몬드 약혼반지보다 더 큰 것을 원했을 뿐만 아니라 다이아몬드 디스트릭트에 직접 가서 더 나은 가격에 실제로 더 큰 반지를 구했던 일도 있었다(101쪽). "그것을 일종의 경고 신호로 받아들였어야만 했어요." 한 '평생 친구'가 오펜하이머에게 말했다.

---

* 아프리카계 미국인들이 매년 12월 26일부터 1월 1일까지 7일간 하는 축제이다.

"그런 짓을 할 여자가 몇이나 되겠어요? 불길한 징조였어요."

　미성숙한 면을 드러내는 사소한 사례들과 구두쇠, 혹은 근검절약 정신을 보이는 성향들(마사가 웨스트포트에서 1970년대에 운영하던 출장 파티 사업체에서 조수로 일하다 그만둔 한 직원은 다음과 같은 심각한 추문을 폭로했다. "아무것도 버리는 법이 없었다… 마사의 철학은 식당에 가서 스테이크를 절반밖에 먹지 못하면 종업원에게 '싸주세요, 집에 가져갈래요.' 하는 사람의 생각과 비슷했다.")을 한데 묶어 성격적 결함이 있는 것처럼 떠벌리는 것이 414페이지까지 계속되다가 마침내 오펜하이머는 경천동지할 선언이라도 되는 듯 비장의 카드를 꺼내놓는다. 바로 그가 '소름 끼치는 기업 강령'이라고 부른 이 서류는 "마사의 사무실에서 어찌어찌 흘러나와 타임 Inc. 간부들의 책상 위를 돌다가, 결국 복사기까지 거쳐 외부로 유출되었다. … 이해할 수 없는 플로 차트라고밖에 묘사할 수 없는 것들로 가득 찬 그 백서에는 다음과 같은 선언이 포함되었다."

　마사의 비전에 따르면, 마사 스튜어트 리빙(MSL)이 벌이는 모든 사업에 들어있는 공통의 가치는 마사에게 개인적으로 매우 소중한 것으로, 그녀의 목표, 신념, 가치관, 소망 등을 반영한다. … 누구나 '마사의 방식'을 습득할 수 있는 것은 그녀가 사람들이 알아야 할 것을 직접 알려주고, 무엇을 해야 할지를 정확히 말해주거나 보여주기 때문이다. … MSL 산하 기업들은 마사 자신이 리더이자 스승의 역할을 할 것이라는 가정 위에 세워졌다. … MSL 소속 '가르치는 제자들'의 수가 늘어나고 확장되겠지만, 그들의 권위는 마사와의 직접적 연관성에서 나오는 것이며, 그들의 작업은 마사의 접근법과 철학에서 파생된 것이다. 그리고 그들이 사용하는 기술과 제품, 결과물들은 마사의 시험을 거쳐야 한다. … 잡지, 책, 텔레비전 시리즈, 그리고 기타 유통 방법은 모두 마사와의 직접적 의사소통을 가능하게 하기 위한 도구일 뿐이다. … 마사는 베티 크로커와 같은 기업적 인물이 아니며 그런 이미지를 거부할 것이다. … 그녀는 창의력과 추동력의 중심이다. … 마사에게 귀를 기울이고, 그녀가 이끄는 대로 따라가면 대중은 자기 자신과 가정에서 실제 성과를 거둘 수 있다. 마사가 했던 것처럼 말이다. … 쉽게 도달할 수 있는 목표다. 마사가 이미 '방법을 찾아냈기' 때문이다. 그녀는 우리의 손을 잡고 어떻게 할지 직접 보여줄 것이다.

오펜하이머는 이 훔쳐 읽은 메모, 혹은 기업 강령을 마치 가이아나 대학살*만큼이나 사악한 것으로 이해한다("이 메모의 표현을 보고 일부에서는 마사의 세계가 행복한 주부라기보다는 외양만 좀 더 점잖은 존스타운에 버금가는 곳이 아닌가 의아해하기도 했다"). 그러나 사실 그 메모는 기업이 돌아가게 하는 요소가 무엇인지를 정확히 평가한 나무랄 데 없고, 크게 새로운 것도 없는 내용을 담고 있다. 마사 스튜어트 옴니미디어 LLC가 대중과 맺는 유대에는 말도 안 되게 공력이 많이 들고, 많은 경우 평범한 사람들은 꿈도 못 꿀 정도로 비싼 테이블 세팅을 초월하는 무언가가 있다(12월 어느 날 방영된 쇼에 등장한 '리본으로만 만들어진 포인세티아 화환'은 만드는 데 손이 빠른 사람도 '한두 시간 걸릴 것'이고, '최고급 리본을 쓰면 200~300달러 정도의 비용이 들 것'이라고 마사 자신이 밝혔다). 대중과의 긴밀한 소통을 위해 마사 스튜어트 회장은 일주일에 6일씩 아침마다 CBS에 출연해서 힘들게 일한다. 이 유대는 그녀의 레시피 덕분이라고 할 수도 없다. 어차피 그녀의 레

---

*   가이아나 대학살은 1978년 가이아나 존스타운에서 벌어져서 존스타운 대학살이라고도 부르는 사건으로, 미국의 목사 짐 존스가 창시한 사이비 종교의 인민 사원에서 교도들이 집단 자살하여 총 918명이 사망했다. 아메리카 대륙 역사상 최대 규모의 집단 자살 사건이었다.

시피는 선벨트 주니어리그 쿡 북 수준으로(《마사 스튜어트 엔터테이닝》최신 호에 실린 레시피 중 자몽 미모사, 애플 체다 턴오버, 사우스웨스턴 스타일 스모어 등이 대표적인 예였다), 전후 미국 중산층 가정의 전형적인 요리 스타일을 그대로 반영한 것일 뿐이다. 사실 마사 스튜어트의 레시피에는 엘리자베스 데이비드의 혁신적인 논리나 확신, 혹은 줄리아 차일드의 완벽한 기술 같은 요소를 찾아볼 수 없다.

그러나 대신 거기에는 '마사'가 있다. 모든 초점을 선명하게 자신에게 맞춘 채, 그녀는 시청자, 혹은 독자와 '친밀한 소통' 관계를 유지하면서 보여주고, 이야기하고, 이끌고, 가르치고, '병에 몽땅 넣고 흔들어서 만들면 되는' 세상에서 가장 간단한 비네가렛 드레싱이 유화되면 '신나 한다'. 그녀는 자신을 권위자가 아니라 '궁리 끝에 방법을 찾아낸' 친구이자, 기획력이 있지만 가끔 약간 너무 설쳐대기도 하고, 교육적인 정보가 있으면 꼭 알려주고 싶어 하는 이웃처럼 행동한다. 《마사 스튜어트 리빙》독자들은 '진짜 계피', 혹은 '실론 계피'가 '현재 스리랑카라고 부르는 섬이 원산지'이고 '로마 제국에서는 같은 무게의 은보다 15배 비싸게 거래되었다'라는 사실을 배울 것이다. 텔레비전 프로그램 중 샴페인 접대 예절을 다룬 부분에서 마사는 샴페인 병 중 가장 큰 용량인 '발타자르(Balthazar)'라고 부르는 병은 '기원전 555년부터 539년'에 바빌론을 통치한 왕의 이름을 딴 것이라는 설명을 덧붙인다. 마사는 '12일간의 크리스마스'* 테마로 집을 꾸며서 명절 분위기를 내는 방법을 설명하면서, 진위는 의심스럽지만 그런데도 유용한 이야기를 슬쩍 끼워 넣는다. 그 말을 들은 여성은 자기가 하는 작업이 광택지로 만든 달걀에 반 광택 아크릴 물감을 두세 번 바르고 말려서 노란빛이 도는 아크릴 투명 도료를 두세 번 더 바른 다음 리본과 구슬 장식으로 완성하는 것 이상의 의미 있는 일이라고 생각할 수도 있다. "알은 늘 새 생명과 연관 지어서 등장하죠. 그 캐럴에서 여섯 번째 날에 알을 낳는 여섯 마리의 거위가 등장하는 것이 엿새간의 천지창조를 상징하는 것도 놀라운 일이 아니에요."

---

*   크리스마스(12월 25일)를 포함하여 동방박사가 아기 예수를 방문한 것으로 전해지는 날, 즉 주현절(1월 6일)까지 12일간 축제를 벌이는 전통에서 기인한 말이다. 크리스마스 시즌에 전 세계적으로 널리 불리는 동명의 캐럴도 존재한다. 그 12일간 매일 주어지는 선물을 나열하는 방식으로 노랫말이 구성된 캐럴이다.

. . .

마사가 보내는 메시지, 그리고 미국의 수많은 여성이 그녀를 보면서 위안을 얻는 이유를 제대로 이해하는 사람은 그다지 많지 않은 듯하다. 마사의 성공이 갖는 문화적 의미에 관한 학계의 연구가 활발히 진행되었지만(1998년 여름, 《뉴욕 타임스》는 "미국과 캐나다의 학자 20여 명이 '침구에 관한 고찰: 마사 스튜어트 리빙에서의 한계성, 구조 및 반구조'와 같은 연구를 진행하며, 잡지에 '반복적으로 등장하는 담장, 산울타리, 담으로 둘러쳐진 정원'에서 '위반에 대한 두려움'을 감지해 내고 있다"라고 보도했다.), 그러나 마사 스튜어트가 형성하는 유대감과 그녀를 향한 개탄의 목소리 모두에는 아무도 짚어내지 못한, 너무 피치가 높아 인간의 귀에는 잘 들리지 않는 개 부르는 호각 소리처럼 전통적인 분석법으로는 감지하지 못하는 무엇인가가 있다. 간혹 놀랄 만큼 격렬해지기도 하는 개탄의 목소리는 주로 그녀가 지금의 위치를 차지하기까지 발휘한 야망을 팬들이 눈치채지 못하게 속였다는 오해에서 나오는 경우가 많다. 그녀를 비판하는 사람들에게 마사 스튜어트는 폭로해야 할 사기꾼, 바로잡아야 할 불의를 저지른 사람이다. "고리대금업자처럼 탐욕에 가득 찬 사람이에요." 비평가 한 명은 《살롱》지에 기고된 글에서 그렇게 토로했다. "아무리 손에 쥔 게 많아도 마사의 욕심은 그칠 줄 모르죠. 그리고 뭐든 자기 마음대로 해야 직성이 풀리는 사람이에요. 부동산이나 테크놀로지처럼 심각한 남자들 세계에서는 아니지만, 도일리 하트, 웨딩 케이크 같은 여성스러운 분야에서는 자기 세상인 것처럼 행동하죠."

"'미국 국민 주부'라는 이 사람이 쿠키를 굽고 침대보를 팔아서 백만장자가 됐다는 역설을 사람들이 보지 못한다는 사실이 믿어지지 않는다." 《살롱》지에서 계속 진행되는 마사 스튜어트에 관한 토론에 올라온 글이다. "《와이어드》에 실린 인터뷰를 보니 거의 날마다 밤 11시가 되어서야 퇴근한다고 하던데, 그게 사실이라면 완벽한 엄마/아내/주부 노릇은 불가능한 것 아닌가? 그런데도 많은 여자가 마사 스튜어트가 만들어 내는 이미지를 따라 해야 할 것 같은 부담을 느끼며 산다." 또 다른 독자는 단도직입적으로 이렇게 말한다. "얼마 전에 마사가 자기 딸의 남자 친구를 가로챘다고 해서 말이 많았던 적이 있었지 않나요?" 그에 대한 답: "그건 에리카 케인이었을 거예요. 에리카 케인이 딸 켄드라의 남자 친구를 훔쳤죠. 두 사람을 혼동하신 듯해요. 하지만 솔직히 말해서 어떤 남자가 마사 스튜어트하고 데이트하고 싶어 할지 모르겠어요. 너무 냉랭해 보여서 그 여자가 나오면, 우리 텔레비전이 차가워질 정도라니까요." 《스코츠먼》에 기고한 저널리스트는 이렇게 주장한다. "문제는 마사 스튜어트가 할리우드만큼이나 기만적이라는 사실이다. 마사 스튜어트는 50년대 미국 스타일로 회귀하고 거기에 현대적 우아함을 더해 추억을 자극하는 사이렌의 노래처럼 보이지만, 어쩌면 그녀는 미국 여성들에게 또 다른 분야에서 불가능한 완벽함을 추구하도록 압력을 넣고 있는지도 모른다. 다시 말해, 스튜어트 자신은 평범한 여성들과는 달리 수많은 사람의 도움을 받으며 그 일을 해내고 있다는 사실을 숨긴 채 기만적인 메시지를 내보내고 있는 것 아닐까?"

'50년대 미국 스타일로 회귀하자는 추억을 자극하는 사이렌의 노래'를 부르는 '완벽한 엄마/아내/주부'라는 개념은 마사 스튜어트가 실제로 내보내는 메시지를 상당히 크게 오해한 데서 비롯된 이미지다. 그녀가 독자와 시청자들에게 하는 약속은 집안일을 하는 노하우를 알면 집 밖에서도 무엇이든 할 수 있다는 것이다. 더 엄격한 의미의 전문 인테리어, 음식 잡지나 쇼들은 주지 못하지만, 마사는 줄 수 있는 것은 그녀가 가진 만나(Manna)*와 그녀가 누린 행운을 우리도 전해 받을 수 있다는 희망이다. 그녀에게서 느껴지는 고급스러운 분위기는 그녀가 실제로 하는 일 중 쓸데없을 정도로 화려한 부분까지도 의미 있어 보이도록 하는 위력이 있다. 완벽하게 꾸미고 관리된 집 안에서 나와, 기업 경영진이라는 더 높은 세계로 걸어 들어갈 수 있다는 희망, 마사가 하는 대로 하면 어떤 일이든 벌어질 수도 있다는 가능성이 우리 눈앞에 명확히 펼쳐져 보인다. 그녀가 《마사 스튜어트 리빙》 독자들에게 한 말처럼 '혼자서 팩스 번호 6개, 개인 전화번호 14개, 카폰 번호 7개, 휴대전화 번호 2개를 쓰는 것'이 가능해 보이는 것이다. 10월 19일, 상장을 성공적으로 마친 날 저녁 〈찰리 로즈 쇼〉에 출연한 그녀는 기업의 탄생 과정에 관해 설명했다. "저는 욕구를 채우는 일을 했지요. 비단 제 욕구뿐만 아니라 모든 주부의 욕구 말이에요. 집안을 돌보는 일을 격상시키고자 하는 욕구." 그녀가 말했다. "집안일은 몸부림을 쳐야 할 수 있는 일이었어요. 우린 모두 그 일에서 벗어나고, 집 밖으로 나가길 원했죠. 높은 보수를 받는 일을 하면서, 다른 사람을 고

_____

* 옛 이스라엘인들이 하늘에서 내려받은 양식을 이르던 말이다.

용해 돈을 주면서 자신이 직접 할 가치가 없다고 생각하는 그 일을 맡기고 싶어 했죠. 그런데 갑자기 깨달았어요. 집안일이라는 것이 정말 가치가 있다는 사실을요."

생각해 보자. '주부라는 직업'을 고양하여, 타고 다니는 GMC 서버번 차에서 비서에게 받아쓰게 할 내용을 녹음하기 위한 소니 MZ-B3 미니 디스크 리코더와, 짧은 메모를 녹음하기 위한 소니 ICD-50 리코더를 설치하고, 와치맨 FDL-PT22 텔레비전과 전화 여러 대에 더해 파워 북까지 가지고 다니는 여성이 여기 있다. '주부라는 직업'에 맞는 복장을 생각하면서 디자이너 질 샌더를 떠올리는 여성이 여기 있다. "질은 저 같은 사람들의 요구에 반응해 줬어요." '비공식 웹사이트!'에 인용된 마사 스튜어트의 말이다. "늘 바쁘고, 여행도 많이 하지만 사진에 잘 나오고 싶어요." 상장한 그 10월 아침, 모건 스탠리 딘 위터, 메릴 린치, 베어 스턴스, 도널드슨, 러프킨 앤 젠레트, 방크 오브 아메리카 시큐리티스 등이 그녀가 직접 만들어 낸 회사 주식 중 자기가 보유하고 있는 지분의 가치를 6억 1,400만 달러로 올리고 있는 동안, 뉴욕 증권

거래소까지 직접 차를 타고 가서 줄무늬 텐트를 세우고 브리오슈와 바로 짠 오렌지 주스를 나눠준 여성이 여기 있다. 이런 모습 어디에도 전후 미국을 휩쓴 '주부'의 모습으로 회귀하자는, 군수 산업을 평화 체제로 전환하면서 켈비네이터 같은 브랜드의 소비재 시장을 형성해야 할 필요가 있었던 시절로 회귀하자는, '추억을 자극하는 사이렌의 노래'를 연상시키는 부분은 없다. 그러나 이 순간을 독자들과 최초로 공유한 사람은 바로 마사였다.

"축제 분위기가 느껴졌고, 기업들은 좋은 반응을 보여줬습니다. 주식은 MSO라는 새 상표를 달고 거래되기 시작했죠."《마사 스튜어트 리빙》12월호의 '마사가 보내는 편지'에서 털어놓은 내용이다. 그리고 그 편지의 행간에는 앞에서 살펴본 기업 강령에 깔린 약속이 담겼다: **쉬운 일이다. 마사가 '궁리 끝에 방법을 찾아냈으니까', 마사가 직접 우리 손을 잡고 어떻게 하는지 보여줄 것이다.** 그리고 알고 보니 그 '어떻게 하는지 보여주는 것'이라는 게 포인세티아 화환 만들기 프로젝트보다는 약간 더 기운 나게 하는 일이었다. "모든 과정이 엄청나게 흥미로웠습니다. 우리 회사가 정확히 어떤 기업인지를 결정하는 것에서부터 시작해(인터넷 시장에서 매우 유망한 '종합 멀티미디어 기업') 복잡하고도 긴 투자 설명서를 작성해서 점검하고 또 점검하고(그런 다음 증권거래 위원회에서 또다시 검토받고), 14일 만에 20개 이상의 도시를 돌며 기업 홍보를 하기까지 모두요." 집 문을 박차고 뛰쳐나가기로 말하자면, 그것도 자신이 원하는 방식을 통해 세상에 나아가는 것으로 말하자면, 이보다 더 가열 찬 예를 찾아보기는 힘들 것이다. 자녀가 다니는 학교 바자의 케이크 가판대에서 성공을 거둬본 여성이라면, 누구나 마음속에 비밀처럼 간직하고 있을 꿈을 마사 스튜어트가 이룬 것이다. "이 칠리소스를 병에 담아 팔면 히트 칠 거예요." 전국의 요리 잘하는 주부들은 이웃들에게서 그런 말을 듣곤 한다. "저 대추 과자 팔면, 갑부가 될 텐데." 칠리소스를 병에 담아 팔고, 대추 과자를 만들어 팔면, 모든 게 망해도 살아남을 수 있을 것이다. 나도 성인이 된 후 모든 수입원이 말라붙는 재앙 같은 일이 일어나면, 음식을 만들어 팔아서 나와 내 가족을 먹여 살릴 수 있을 것으로 믿고 살았다.

다시 말해서, 마사 스튜어트의 성공이 갖는 '문화적 의미'는 성공 그 자체에 깊숙이 뿌리내리고 있다. 그녀가 겪는 문제와 시련도 그 메시지의 일부가 되며, 바로 그런 이유에서 브랜드 이미지에 방해가 되기는커녕 그 이미지를 더 풍성하게 만든다. 그녀는 수퍼우먼이 아니라 평범한 여성, 즉 에브리 우먼으로 자신을 브랜드화했다. 그녀를 비판하는 사람들은 이 부분을 놓치는 듯하다. 마사 자신은 그것을 잘 이해하고, 매체에 실릴 때도 어릴 적 친구랑 오랜만에 만나 회포를 풀듯 이야기한다. "저는 가족과 남편을 희생시켰어요." 그녀는 1996년 《포천》에 실린 샬럿 비어스, 다를라 무어와의 대화에서 그렇게 말했다. 샬럿 비어스는 오길비 앤 매더의 CEO이자 마사 스튜어트 리빙 옴니미디어 이사회 임원이고, 다를라 무어는 리처드 레인워터의 투자회사 회장이자 '기업파산법에 따라 구조 조정을 거치는 동안 자금을 조달하는 방법'을 발명한 장본인이다. 이 세 사람 사이에 오간 대화는 분위기가 좀 묘했다. 《포천》지가 엿듣고 있다는 것을 알고 있는 세 명의 기업 임원들이 나눌 만한 대화와는 거리가 먼 고백 같은 느낌이 들었다. "내 선택이 아니었어요." 마사는 자신의 이혼에 대해 그렇게 털어놨다. "그 사람이 원한 거였어요. 이제는 일이 그렇게 된 것이 다행이라고 생각해요. 그 덕에 훨씬 많은 일을 할 수 있는 자유가 생겼다는 것을 깨닫기까지는 꽤 오랜 시간이 걸렸어요. 결혼 생활을 계속했으면, 지금의 성취는 불가능했을 것으로 생각해요. 진짜예요. 그리고 그 덕분에 생각지도 못했던 친구들을 만나기도 했고요."

마사의 출간물을 읽은 독자들은 그녀의 이혼을 이해한다. 이혼에 따른 고통과 장점 모두. 독자들은 그녀가 이혼하는 과정을 지켜봤고, 증권거래 위원회를 상대하는 것을 지켜봤고, 20개 도시를 순회하며 홍보 활동하는 것을 지켜봤고, 월스트리트에서 승리를 거두는 것을 지켜봤다. 마사와 그녀의 독자들 사이의 이러한 관계는 이에 관해 조롱하거나 농담하는 사람들이 생각하는 것보다 훨씬 더 복합적이다. "팬들이 과일나무에 열리는 건 아니지만(사실 어떤 팬들은 그러기도 하지만), 미국 전역에서 찾아볼 수는 있지요. 쇼핑몰, K마트, 트랙트 하우스,* 트레일러 단지, 랜치 하우스, 고풍스러운 아파트, 캠핑카 등 팬들이 없는 곳이 없어요." 하퍼콜린스의 풍자물인 『마사 스튜어트(Martha Stuart)의 나 잘났어 엔터테이닝』에 등장하는 마사 역의 인물은 그렇게 말한다. "자신이 사는 방법, 함께 사는 사람, 자신의 지금 모습, 자신이 되지 못한 모습 등등에 불만을 품은 여성이면 누구나 내 팬이 될 가능성이 있죠." 이런 풍자물은 그

---

* 　대규모 주거 단지에 같은 디자인과 구조로 건설된 주택을 의미한다.

자체로 흥미롭다. 너무 대충 유치한 방식으로 여성 혐오를 드러내며(수많은 온라인 풍자물에서는 속옷만 입은 마사를 등장시키는 경우가 많고, 그런 모티프는 고정 방문객 수를 확보할 수 있다), 묘할 정도로 예민하고('면도날은 포경수술을 해도 될 정도로 날카롭게 유지하자'는 『마사 스튜어트의 나 잘났어 엔터테이닝』에 실린 한 꼭지의 제목이다), 이상하게 불편해하며, 상당수의 여성이 처한 상황과 그들의 꿈을 무시함으로써 그들을 소외시키려는 의도가 너무 강하게 엿보인다.

이쯤 되면, 마사의 무언가가 위협적으로 받아들여지고 있다는 느낌이 드는데, 은연중에 주부 역할이 아닌 무언가 다른 곳에 초점을 맞추고 있는 '비공식 웹사이트!'를 잠시만 둘러봐도 그게 무엇인지 알 수 있다. 마사가 "여러 방면에서 좋은 롤모델인 이유는 그녀가 자신의 운명을 스스로 제어할 수 있는 강인한 여성이고, 세계까지라고 할 수 없을지 모르지만 적어도 미국에서는 한때 '여자 일'이라고 여겨지던 것에 대한 관점을 실제로 바꾼 사람이기 때문이다"라고 한 누리꾼은 썼다. 그런가 하면 열한 살 먹은 한 어린이는 이렇게 썼다. "성공은 삶의 중요한 부분이에요… '내가 마사 스튜어트처럼 성공하면 마사가 가진 걸 다 가지게 될 거야'라고 말하는 게 즐거워요."

자신을 '기본적으로 반 마사파'라고 소개한 한 글쓴이는 "그런데도, 그녀가 지적 능력과 야심 그리고 요리, 제빵, 정원 가꾸기, 인테리어, 예술, 기업 경영에 뛰어난 능력을 지닌 사람이며, 남자 대부분은 도달하지 못하고 그럴 능력도 없는 지금의 자리에 오르기 위해서 무엇이 필요한지 보여줬다는 사실에는 존경심이 든다고 인정한다. … 그녀는 자기 이름을 내건 기업과 잡지, 쇼를 지니고 있지 않은가"라고 말한다.

웹사이트 전체에 걸쳐 비즈니스 감각에 관한 관심과 감탄이 넘쳐난다. "사람들이 마사에게서 위협감을 느끼는 걸 나는 알아요. 가까운 장래에 타임 워너 Inc.가 마사와 마사의 제국과 결별할지 모르지만, 그렇게 한다면 정말 '좋은 것'을 놓치는 거예요." 마사 스튜어트가 타임 워너사가 가진 지분을 확보하려고 시도할 당시 '비공식 웹사이트!'에 올라온 글이다. "나는 마사가 하는 일은 모두 지지해요. 자기가 하는 모든 것에 자기 이름을 붙인 사람이 남자였다면, 아무 문제도 안 됐을 게 뻔해요." 이 독자들과 시청자들이 마사에게서 무엇을 얻는지는 그들이 하는 말 자체에서 엿볼 수 있다. 마사는 **자신의 운명을 스스로 제어한다**, 마사는 **남자 대부분은 도달하지 못하고 그럴 능력도 없는** 위치에 올랐다. 마사는 **자기 잡지가**

있다, 마사는 **자기 쇼가 있다,** 마사는 **자기 회사**가 있을 뿐 아니라, **자기 이름을 딴 회사**를 가지고 있다.

　마사의 이야기는 전통적으로 여자의 것이라고 여겨지는 기술들을 최대한 활용한 여성의 이야기가 아니다. 그녀의 이야기는 회사를 창립해 성공적으로 상장시킨 여성의 이야기다. 자수성가한 여성의 이야기, 사회적 고난을 극복한 이야기, 개인적 비극을 넘어선 이야기, 다시는 가난해지지 않겠다는 결의에 찬 이야기, 성공을 위해 앞만 보고 달려온 억척녀 이야기, 전문 기술이 없는 여성이 의지와 용기로 성공한 이야기, 남자들에게 보란 듯 성공한 이야기이다. 과거나 지금이나 남자들은 그녀의 이야기에서 위협감을 느낄지 모르지만, 이 나라의 여성들은 격려와 용기를 얻는다. 마사 스튜어트가 자극하는 꿈과 두려움은 '여성적'이고 가정적인 것이 아니라 여성의 힘에 관한 것이다. 그녀가 그리는 여성은 남자들과 함께 테이블에 앉았다가 앞치마를 벗지도 않은 채 감자튀김을 들고 자리에서 일어날 수 있는 여성의 모습이다.

옮긴이 **김희정**

가족과 함께 영국에 살면서 전문 번역가로 활동하고 있다. 옮긴 책으로 『아인슈타인과 떠나는 블랙홀 여행』, 『나무의 모험』, 『장하준의 경제학 강의』, 『어떻게 죽을 것인가』, 『인간의 품격』, 『채식의 배신』, 『그들이 말하지 않는 23가지』, 『견인 도시 연대기』(전 4권), 『진화의 배신』, 『랩 걸』, 『잠깐 애덤 스미스 씨, 저녁은 누가 차려 줬어요?』, 『우주에서 가장 작은 빛』, 『완경 신인』, 『배움의 발견』, 『상하준의 경제학 레시피』, 『스웨트』 등이 있다.

내 말의 의미는
Let Me Tell You What I Mean

초판 1쇄 인쇄 ┃ 2023년 12월 29일
초판 1쇄 발행 ┃ 2024년 1월 15일

지은이 ┃ 조앤 디디온
옮긴이 ┃ 김희정

발행인 ┃ 고석현
편 집 ┃ 최민석
디자인 ┃ 전종균
마케팅 ┃ 소재범

발행처 ┃ ㈜한올엠앤씨
등 록 ┃ 2011년 5월 14일
주 소 ┃ 경기도 파주시 심학산로12, 4층
전 화 ┃ 031-839-6800
팩 스 ┃ 031-839-6828
이메일 ┃ booksonwed@gmail.com
ISBN ┃ 978-89-86022-85-8 03840